Der Herzinfarkt in Barcelona

Eine wahre Erzählung

Señor Rols

Der Herzinfarkt in Barcelona

Señor Rols

Bibliographische Information der Deutschen National-

bibliothek: Die Deutsche Nationalbibliothek verzeichnet

diese Publikation in der Deutschen Nationalbibliografie;

detaillierte bibliografische Daten sind im Internet über

dnb.dnb.de abrufbar.

© 2019 Rolf Berger

Herstellung und Verlag: BoD – Books on Demand, Norderstedt

ISBN 978-3-7504-1438-9

Inhaltsverzeichnis

Der Herzinfarkt in Mataro................................... 7

9 Tage im Koma 21

Ich bin aufgewacht 29

Ich weiss, wo ich bin 43

Die Repatriierung mit der REGA 62

Zwei Wochen im Universitätsspital Zürich..... 68

3 Wochen Reha in Gäis 81

Endlich wieder zu Hause 102

Inselspital Bern.. 111

Erneut 3 Wochen Reha in Gäis 122

Wieder zu Hause nach der zweiten Reha 131

Epilog... 139

Wir besassen nur noch einen brauchbaren Briefkasten-schlüssel: einer, der entzweigebrochen war. Der vordere Teil des Schlüsselbartes steckte im Briefkasten-schloss. Der hintere Teil hing an meinem Schlüsselbund. Nur mit diesem Teil war es noch möglich, ohne Gewalt an die uns zugestellte Post zu kommen. Den Briefkasten leerte ich täglich, entweder am Mittag, wenn ich nicht geschäftlich auf Reisen war und zum Mittagessen nach Hause kam oder andernfalls dann am Abend.

«Hier, nimm den Briefkastenschlüssel, man weiss ja nie.........» sagte ich zu Ana, meiner Frau.

«Willst du wirklich in diesem Zustand gehen?», fragte sie mich nochmals sorgenvoll.

«Ja, wenn ich zurück bin, gehe ich zum Arzt», gab ich ihr zur Antwort.

In den letzten Wochen hatte ich etwas unter Atemnot gelitten. Die 300 m zur Bushaltestelle brachten mich etwas ausser Atem, aber ich erholte mich jeweils schnell wieder.

Ich war 60 Jahre alt. Seit mehreren Jahren war ich Mitglied in einem Formel 1 Club. Der Club umfasste gerade 7

Mitglieder, im Alter von 50 – 66 Jahren. Wir kannten uns aus dem beruflichen Umfeld oder aus familiären Verbindungen. Für das kommende Wochenende hatten wir einen 4-tägigen Aufenthalt in Spanien geplant für den Besuch des Formel 1 Rennens in Montmelo. Am kommenden Montag wollten wir wieder zurück sein. Vier Tage warteten auf uns mit gutem Essen, einem feinen Tropfen Wein sowie einem hoffentlich spannenden Formel 1 Rennen. Bis vor 4 Jahren besuchten wir das Formel 1 Rennen in Monza. Wir reisten jeweils am Samstag an, übernachteten entweder im Tessin oder in Italien und schauten uns das Rennen am Sonntag an. Gleichentags machten wir uns nach dem Rennen wieder auf die Rückreise. Es waren jeweils lange Tage, die uns auch müde machten. Mein Vorschlag, unseren jährlichen Ausflug an das Formel 1 Rennen in Spanien zu machen, kam gut an. Insbesondere weil wir vorhatten, dreimal zu übernachten, von Freitag bis Montag. Somit konnten wir unseren Ausflug zeitlich etwas auszudehnen.

Zusammen mit Hansruedi, einem pensionierten Clubmitglied, organisierte ich jeweils die Reise. Dies begann mit der Reservation der Flugtickets, dem Taxitransfer vom Flughafen Barcelona zum Hotel und zurück, den Eintritt zum Formel 1 Rennen und endete mit der Auswahl der Hotelübernachtungen. Wir waren in einem Alter, wo jeder es genoss, dass er sein eigenes Zimmer zur Verfügung hatte.

Wir traten gemeinsam als Fan-Club vom Sauber-Formel 1 Team auf. Dieses Jahr hatte Jogi, unser jüngstes Clubmitglied, T-Shirts organisiert mit dem neuen Logo Alfa Romeo Sauber, in weiss-roter Beschriftung. Am Rennsonntag würden wir es anziehen. Ein weiterer Luxus waren in diesem Jahr unsere Zuschauerplätze: Zum ersten Mal hatten wir Tribünenplätze gebucht für das ganze Rennwochenende von Freitag bis Sonntag. Unsere Sitzplätze waren in der ersten Kurve nach der Start-Zielgerade. Die letzten Jahre hatten wir uns immer mit Stehplätzen begnügt.

Ana war in Barcelona aufgewachsen, daher verstand ich etwas spanisch und katalanisch, gerade gut genug für den Tagesgebrauch. Meine sechs Kollegen waren sich dieser Sprachen nicht mächtig und waren deshalb froh, wenn ich jeweils die notwendigen Dialoge für sie erledigte. Das fing beim Check-in im Hotel an, ging über die Essensbestellung im Restaurant, den Ticket-Kauf für die Bahn- und Bustransfers usw.

Nun war es also soweit. Ich nahm meinen kleinen Koffer und den Rucksack und verabschiedete mich von Ana mit einem Kuss. Sorgenvoll blickt sie mir nach. Am Bahnhof traf ich auf Hansruedi, Karl und Jogi. Die restlichen drei Mitglieder, Peter, Hansruedi F. und Daniel warteten im Flughafen auf uns.

Am Flughafen waren die Koffer schnell aufgegeben. Alle reisten mit einem kleinen Reisegepäck, ausser Hansruedi F. Sein Koffer hatte die Grösse, als würde er für zwei Wochen verreisen. Was er da wohl alles mitschleppte? Es war 11.30 Uhr. Vor dem Gate gönnten wir uns ein Bier und ein Bretzel. Hansruedi F. und ich gingen zwischendurch in der Smokerlounge eine Zigarette rauchen.

Der Flug nach Barcelona verlief ruhig. Mit wenig Verspätung trafen wir an unserem Zielort ein. Nachdem wir alle unsere Koffer vom Rollband genommen hatten, suchten wir in der Ankunftshalle nach unserem Taxifahrer. Den Transfer vom Flughafen zum Hotel hatten wir schon von der Schweiz aus organisiert und gebucht. Es dauerte nicht lange, bis wir den Fahrer gefunden hatten. Er trug einen Anzug mit Krawatte und machte einen eleganten Eindruck. In der Hand hielt er ein Schild, auf dem mein Name geschrieben stand. Er begrüsste uns und führte uns durch die Flughafenhalle zu seinem geparkten Taxi. Es war ein schwarzer VAN mit genügend Platz für sieben Fahrgäste und deren Gepäck.

Die Fahrt führte durch Barcelona zu unserem Hotel in Mataro. Mataro liegt etwa 30 km nordöstlich von Barcelona an der Mittelmeerküste und zählt etwas über 100'000 Einwohner. Wir hatten diesen Ort ausgewählt, weil wir von dort aus azyklisch zum Zuschauerstrom zum Rennen und wieder zurück zum Hotel gelangen konnten, d.h. am Samstag- und Sonntagmorgen nahmen wir den öffentlichen Bus von Mataro nach Granollers und von dort den Zug nach Montmelo, zur Formel 1 Rennstrecke. Das Gleiche nach dem Rennen in der Gegenrichtung. Die Reisezeit betrug ca. 30 – 45 Minuten. Der grosse Vorteil war, dass von dieser Seite sehr wenig Zuschauer anreisten. Der grösste Anteil der Rennbesucher kam vom Süden aus Barcelona, verstopfte also die Zubringerstrassen bei der Anreise und vor allem bei der Rückreise. Ebenfalls waren die Züge auf der Strecke von Barcelona nach Montmelo und zurück prall gefüllt.

Im Hotel wurden wir herzlich empfangen. Das Personal kannte uns noch aus den vergangenen Jahren. Nach dem Einchecken bezog jeder sein Zimmer. Der nächste Termin vereinbarten wir um 17.00 Uhr in der Hotellobby. Die Zeit bis dahin stand allen zur freien Verfügung.

Eigentlich gut gelaunt packte ich meinen Koffer aus und versorgte die Wäsche im Kleiderschrank. Danach filmte ich mein Hotelzimmer und schickte den Film per Whats'up an unseren Familienchat. Zu unserer Familie gehören die Kinder, Sarah und Denny – Sarah Ende zwanzig und Denny Anfangs dreissig. Danach legte ich mich aufs Bett - ich war müde - und versuchte, etwas zu dösen.

Um 17 Uhr machten wir uns auf den Weg ins Restaurant Mundial. Die letzten drei Jahre hatten wir dort vorzüglich Tapas, Fleisch- und Fischmenus gegessen. Auch diesmal begannen wir mit Tapas, dazu ein kühles Bier. Für das Abendessen mussten wir bis 20 Uhr warten, vorher gab es keine warme Küche. Aber die Zeit verging schnell. Ich bestellte mir Lammkoteletts mit Beilagen. Serviert wurden 4 Koteletts mit etwas Pommes. Ich war froh, war die Portion nicht so gross, mein Hunger hielt sich in Grenzen. Zum Essen tranken wir Wein. Ein paar von uns gönnten sich noch ein Dessert. Zum Café bestellten wir einen Cognac, nach spanischem Mass, versteht sich. Bezahlt wurde aus unserer gemeinsamen Reisekasse. Jeder hatte zu Beginn 100 Euro hineingelegt. Falls die Kasse drohte leer zu werden, legten alle wieder je 100 Euro rein.

Gegen 23 Uhr waren wir wieder im Hotel. Ich legte mich ins Bett und schlief sogleich ein.

Es war Samstagmorgen. Ich duschte und zog mich an. Wie gewohnt kam ich als Letzter an den Frühstückstisch. Ich trank zwei Espressos und ass wie immer nichts zum Frühstück. Eigentlich hatten wir abgemacht, dass wir heute alle an den Rundkurs gehen und uns das Training ansehen würden. Aber ich fühlte mich etwas schwach und unpässlich und zog es vor, in Mataro zu bleiben. Nach dem Frühstück begleitete ich die 6 Kollegen noch bis zur nächsten Bushaltestelle. Von dort brachte sie der Bus nach Granollers.

Ich kehrte zurück ins Hotel. Heute Abend würde uns Jordi, ein Cousin von Ana, zum «Pirate», ein Tapas-Restaurant im Hafen von Mataro führen. Jordi wohnte zusammen mit seiner Ehefrau Pepi in Barcelona. Gemeinsam hatten sie 2 erwachsene Kinder, Mireia und Jordi junior. Er betrieb dort eine Töff-Werkstatt zusammen mit seinem Sohn. Im Hafen von Mataro hatte er seine kleine Jacht stationiert, auf die er sehr stolz war. Benutzt wurde sie vor allem an den

Wochenenden für kleinere Ausflüge entlang der Küste. In früheren Zeiten fuhren sie damit sogar in die Ferien nach Ibiza.

Wieder zurück im Hotel wusste ich nicht so recht, was ich anfangen sollte. Auf dem Bett liegen mochte ich nicht. So entschloss ich mich zu einem Spaziergang. Nach 15 Minuten setzte ich mich in ein Strassencafé und bestellte ein Bier. Ab und an eine Zigarette rauchend, beobachtete ich die Umgebung, die Menschen, die an mir vorbeizogen, aber auch den Strassenverkehr. Es war 13.30 Uhr und an der Zeit, etwas zu essen. Aber auch heute verspürte ich keinen grossen Hunger. Trotzdem bestellte ich mir ein Sandwich mit Jamon, dem feinen spanischen Serrano Schinken. Ich zwang mich, die Hälfte zu essen. Die andere Hälfte verstaute ich in meinem Rucksack. Vielleicht kam der Hunger gegen Abend. Ich bezahlte und machte mich auf den Weg zurück Richtung Hotel.

Ab diesem Moment habe ich einen Filmriss. Ich erinnere mich heute nicht mehr daran, was nachher geschah. Vermutlich war ich ins Hotel gegangen und hatte mich hingelegt. Meine Erinnerungen setzen erst wieder ein, als ich um 18 Uhr vor dem Hotel stand und auf die Kollegen wartete. Tatsächlich kamen sie mit dem Bus rechtzeitig vom Formel

1 - Qualifying zurück. Sie hatten also den Weg zum Rund-kurs und zurück auch ohne mich gefunden. Ich wurde et-was fragend gemustert. Nach einer kurzen Begrüssung meinte einer: «siehst nicht schlecht aus». Dann verschwan-den sie alle in ihre Zimmer, um sich etwas frisch zu machen. Um 19 Uhr wollte uns Jordi abholen.

Er hupte zwei- dreimal, und Jordi fuhr mit seinem Auto vor den Hoteleingang, wo wir alle warteten. Jordi brachte uns in zwei Fahrten zum «Pirate». Das Restaurant lag direkt am Hafen. Das Ambiente war gemütlich. Ein Lokal, wo die Einheimischen verkehrten, aber auch die Touristen. Ein Ort, wo der Wirt sowohl Gastgeber als auch Koch in der glei-chen Person war. Wir bestellten uns ein Bier zum Apéro und freuten uns auf die Köstlichkeiten, die auf uns zukom-men würden.

Jordi liess es sich aber nicht nehmen, uns vorher seine Jacht zu zeigen. Stolz zeigte er uns das Boot, welches von uns mehr oder weniger fachmännisch beurteilt wurde. Ich wäre in diesem Moment lieber im Restaurant gewesen, auf einem Stuhl. Irgendwie fühlte ich mich nicht ganz 100 pro-zentig und hatte etwas schwache Beine.

Zurück im Restaurant, übernahm Jordi die Bestellungen für unsere Speisen. Wir sassen nur da und genossen. Ich hatte wieder keinen grossen Hunger. Jordi hatte Weisswein bestellt. Der schmeckte zwar gut und war süffig. Aber in der Regel rieb mich Weisswein auf und machte mich nervös. Aber ich getraute mich nicht zu sagen, dass mir Rotwein besser schmecken würde. Alle andern fanden den Wein vorzüglich. Laufend wurden Tapas serviert: begonnen wurde mit Oliven und Käse, weiter mit pa am tomacat con parnil, Cambas al ahillo, Calamares, Mejillones a la plancha, pop a la gallega, Tallarines, Abontigas und vieles mehr. Die Kollegen assen und assen, eine Flasche Wein folgte der andern. Ich glaube, wir hatten an diesem Abend vier Flaschen Wein getrunken. Nach dem Essen bestellte Karl noch Sangria und fand es ausgezeichnet. So etwas feines habe er noch nie gehabt, prostete er in die Runde. Ich war müde.

Jordi wollte sich um 22 Uhr verabschieden, er fuhr zurück nach Barcelona. Zusammen mit Pepi hatte er noch eine weitere Verabredung an diesem Abend. Unterdessen hatte es zu regnen begonnen. Ich fragte ihn, ob er mich ins Hotel zurückfahren könne. Meine Kollegen schauten etwas erstaunt, als ich ihnen sagte, dass ich mit Jordi ins Hotel fahren würde. Ich begründete es mit meiner Müdigkeit. Also fuhr mich Jordi zurück ins Hotel.

Und da ist er wieder, der Filmriss. Ich erinnere mich nur noch, wie ich bei Jordi im Auto sass und wie ich am nächsten Morgen um 8 Uhr aufgestanden bin. Der Rest der Erinnerungen von der Nacht ist weg.

Ich setzte mich im Bett auf. Ich glaubte, dass ich nicht sehr gut geschlafen hatte. «na, dann stehst du halt auf und gehst in den Frühstücksraum», dachte ich mir. Ich weiss nicht mehr, ob ich geduscht habe. Aber ich fühlte mich sehr schwach. Ich zog mir das neue Shirt von Alfa Romeo Sauber an. Vielleicht würde es mir nach einem Espresso etwas besser gehen. Ganz ungewohnt war ich gegen 9 Uhr der Erste von uns, der im Frühstücksraum eintraf. Meine Beine waren schwach und mein Gang wacklig. Ich holte mir einen Espresso und zitterte mich an einen Tisch. Der Kaffee schmeckte. Jetzt noch eine Zigarette.

Vor dem Hotel zündete ich mir die Zigarette an. Die schmeckte nicht und fuhr ungemein stark ein. Nach der Hälfte drückte ich sie aus und kehrte zum Frühstückstisch zurück. Dort holte ich mir nochmals einen Espresso. Ich war froh, dass ich sitzen konnte. Hansruedi kam als erster zu Tisch, es folgten in kurzen Abständen alle andern. Sie fragten nach meinem Wohlbefinden. Es ging mir nicht gut. Ich versuchte, Ana zu erreichen, aber sie ging nichts ans

Handy. Dann surrte mein Handy. Sarah wünschte mir ein schönes Formel 1 Rennen. Ich schrieb ihr zurück, dass ich ins Spital gehen möchte, dass ich kaum noch atmen könne und keine Kraft mehr hätte. Ana solle doch Jordi anrufen, dass er mich ins Spital fahren könne. Kurze Zeit später erhielt ich eine Sprachnachricht von Ana. Sie hatte eine Ambulanz zum Hotel bestellt.

Ich verspürte einen Drang zum Wasser lösen und wollte nochmals ins Hotelzimmer zurück. Karl begleitete mich. Unter der Zimmertür blieb er stehen und wartete auf mich. Ich setze mich aus WC, hatte Durchfall. Danach stand ich auf und ging aus dem Zimmer raus. Den Pack Zigaretten liess ich im Zimmer in einer Ablage. Mit dem Lift fuhren wir wieder in die Eingangshalle und zur Reception zurück. Dort krächzte ich zu Karl: «wie ist das möglich, von 100% auf 5% oder 10% runterzufahren». Ich weiss nicht, ob oder was er mir zur Antwort gab. Mit einer Hand stützte ich mich auf der Theke der Reception und fragte nach der Ambulanz. Erschrocken reagierte die Rezeptionistin und sagte zu mir: «si si, ja rivera» («ja, sie kommt gleich»). Ich setzte mich auf einen Stuhl in der Lobby. Die Hotelangestellte gab mir ein Glas Wasser, das ich mit zitternder Hand entgegennahm. In diesem Moment fuhr die Ambulanz vor. Ein Sanitäter stieg aus und kam ins Hotel. Ich stand auf und ging auf ihn zu. Wahrscheinlich sah ich aschfahl aus. Er griff mir sogleich unter den linken Arm und fragte, ob ich gehen könne.

Er führte mich zum Ambulanzfahrzeug. Zwei Kollegen begleiteten mich bis dorthin. Ich sagte noch «tschou zäme» zu ihnen, dann verschwand ich im Ambulanzfahrzeug. Dort durfte ich sitzen. Während das Fahrzeug abgefahren war, fragte mich der Sanitäter, woher ich sei, was mir fehle und wollte die Telefon-Nr. von Ana. In diesem Moment ging die Sirene los. Ich hörte sie schwach in Innern des Fahrzeugs, gar nicht so laut, wie ich mir das vorgestellt hatte. Ich fühlte mich irgendwie geborgen, verspürte keine Schmerzen und war froh, in der Obhut dieses Mannes zu sein. Als wir im Spital ankamen, durfte ich in einen Rollstuhl sitzen. Sie schoben mich durch öffentliche Gänge. Besucher vom Spital kamen uns entgegen. Ich stellte fest, dass sie mich nicht anschauten oder nur ganz kurz. Im Gegenteil, ich glaubte zu bemerken, dass sie ihr Gesicht sogar bewusst von mir abwandten. Wir trafen in einem Behandlungszimmer ein. Dort wurde ich auf ein Bett gehoben, ich durfte wieder sitzen. Mein Atmen wurde immer schwieriger, strenger. Sie entschlossen sich, mich in ein anderes Zimmer zu verlegen, wahrscheinlich die Intensivstation. Auf dem Bett wurde ich wieder durch öffentliche Gänge gestossen. Diesmal erblickte ich Jordi und Pepi! Jordi musste mit übersetzter Geschwindigkeit von Barcelona nach Mataro gefahren sein. Ich winkte ihnen zu und versuchte zu Lächeln. Sie winkten zurück, lächelten kaum, drehten sich ab von mir und schauten gegen den Himmel..........

Jetzt war ich auf der Intensivstation angekommen, das Atmen wurde noch schwieriger, ich kriegte kaum noch Luft. Es waren vier bis fünf Leute um mich, sie waren alle ruhig, nicht so wie ich. Ein älterer Herr gab mir etwas in die Hand und sagte: «nimm das vor den Mund, damit kannst du besser atmen».

Von wegen besser atmen, ich hörte mich, wie ich nach Luft schnaubte, drei-, viermal zog ich die kaum vorhandene Luft noch ein, dann war ich weg.

Es wurde mir nicht schwarz, ich merkte nicht, wie «dann war ich weg» vor sich ging. Erst, als ich viel später wieder zu mir kam, konnte ich mich an das «kurz davor» erinnern, wie es war – kaum Luft, und weg.

Etwa um 09.30 Uhr war ich bin ohnmächtig geworden, mein Herz hörte auf zu schlagen. Das Ärzteteam in Mataro versuchte alles, um mich am Leben zu erhalten. Sie reanimierten mich. Lange 12 Minuten dauerte es, bis das Herz wieder zu schlagen begann, aber schwach und unregelmäßig. Mein Zustand war alles andere als stabil.

In diesem Zeitraum hatte das Hotel Ana zurückgerufen und mitgeteilt, dass der Krankenwagen gekommen sei und ich auf dem Weg ins Spital Mataro sei. Ana informierte als erstens Jordi und Pepi. Beide setzten sich sogleich ins Auto und fuhren von Barcelona nach Mataro zum Spital, wo sie mich noch gesehen hatten, bevor ich ins Koma fiel. Sie blieben vor Ort und warteten auf weitere Informationen über meinen Gesundheitszustand.

Ana informierte auch unsere Kinder Denny und Sarah. Denny in seinem Wohnort Lugano. Er lebte dort zusammen mit seiner Lebenspartnerin Magali und ihrem gemeinsamen 10-Monaten alten Sohn Albert. Sarah war bei ihrem Freund Cédric in Zürich. Um 12.00 Uhr war Sarah zu Hause bei Ana. Um 14.10 wurde ich nach Barcelona transportiert ins Spital Can Ruti, Germans y Pujol. Das Spital in Mataro konnte nichts mehr weiter für mich machen. Um 14.49 war ich dort angekommen, mein Zustand war sehr schlecht. Jordi und Pepi waren bei mir. Pepi hat mir noch die Hand gehalten, doch ich merkte davon nichts. Sofort wurde ich in den Operationssaal gebracht. Dort wurden mir über die linke Leiste drei Stents gesetzt. Ich blieb im Koma. Das Ärzteteam wünschte, dass alle nächsten Angehörigen vor Ort seien. Es sah nicht gut aus für mich. Hirn und Herz funktionierten noch, aber die restlichen Organe waren ausgefallen, ein Multiples-Organversagen. Ich habe mir später erklären lassen, dass in so einem Fall das Herz nur noch das Hirn mit Sauerstoff versorgt, die restlichen Organe nicht mehr. Ich weiß heute nicht, was alles ausgefallen war und für wie lange. Man hat mir nachträglich erzählt, dass ich umringt war von Maschinen und Apparaten, an denen ich angeschlossen war. Es sei kaum ein Quadratzentimeter freie Haut an mir gewesen, wo nicht irgendein Anschluss, eine Sonde oder Schlauch befestigt war.

Unterdessen hatten Ana und Sarah einen Flug ab Zürich buchen können mit Abflug um 17.30 in Zürich. Um 20.00 Uhr trafen sie in Barcelona ein, wo sie von Toni, dem Ehemann von Mireia, abgeholt und direkt ins Spital gebracht wurden. Denny versuchte es mit einem Flug von Agno nach

Zürich. Aber dieser Flug wurde wegen schlechter Witterung annulliert. In aller Eile versuchte er noch den Zug nach Zürich zu erwischen. Er schaffte es gerade noch, doch in Bellinzona wollten sie ihn aussteigen lassen, da er keinen Sitzplatz mehr kriegen konnte. Er setzte sich aber durch und durfte im Zug bleiben. Er erwischte den letzten Flug nach Barcelona und traf dort um 22.40 Uhr ein, wo ihn Jordi Junior abholte und ebenfalls ins Spital brachte.

Alle waren jetzt bei mir im Spital und warteten darauf, dass sie mich sehen konnten. Die Tür zum Wartezimmer öffnete sich und eine Ärztin trat ein und fragte: „La Familia del Señor Rols?" Ana meldete sich sofort mit einem leisen „si", während Sarah und Denny sich fragend anblickten: „Señor Rols, wer ist denn das?", dachten sie still für sich. Die Ärztin führte sie in einen Besprechungsraum und erklärte, dass es sehr ernst um mich stehe.

„Er entscheidet, ob er geht oder ob er bleibt. Wir können nichts mehr für ihn tun. Wir hatten ihn kurz auf der Liste als Patient für eine Herz Plantation. Dort war er in Europa kurz auf Platz eins. Aber weitere Untersuchungen ergaben, dass ein neues Herz auch nicht weiterhelfen würde. Also haben wir ihn wieder von der Liste genommen."

Sie blieben bis am Morgen um 2 Uhr bei mir. Mein Zustand veränderte sich nicht. Alle gingen sie nach Hause zu Pepi und Jordi. Ana und Sarah durften in ihrem Schlafzimmer übernachten, Denny erhielt das kleine Gästezimmer. Pepi und Jordi versuchten, den Schlaf auf dem Sofa im Wohnzimmer zu finden.

Der kommende Montag war der Abreisetag für unser Formel 1 Team. Die Stimmung war bedrückt. Die letzten Jahre gönnten wir uns jeweils am Abreisetag ein feines Mittagessen, bis wir dann gegen 17.00 Uhr im Hotel von einem Taxi abgeholt wurden für den Transfer in den Flughafen. Der Flug war jeweils um 20.00 Uhr mit Swiss. Diesmal war alles anders. Keiner hatte Hunger. Daniel und Hansruedi beschlossen, mich im Spital zu besuchen und anschließend von dort direkt in den Flughafen zu gehen. Nach dem Frühstück machten sie sich mit einem Taxi auf den Weg zu mir. Beide sprachen kein Spanisch, aber mit etwas Englisch, Mimik und Gestik wurde es ihnen erlaubt, mich zu sehen. Was sie sahen, nahm ihnen jegliche Hoffnung, mich jemals wieder lebend zu sehen. Sie verließen das Spital, setzten sich draußen auf eine Bank und weinten still vor sich hin. Im Flughafen trafen sie auf die anderen 4 Kollegen. Die Rückreise war wortkarg. Als Daniel um Mitternacht zu Hause bei meiner Schwester Erika eintraf, waren die ersten Worte von ihm: „Rolf kommt wohl nicht mehr lebend nach Hause".

Mein Zustand blieb der Gleiche. Für meine Angehörigen folgte eine schwere Zeit. Ich lag im Koma, angeschlossen an etliche Apparate und Maschinen, die mich am Leben erhielten. Die Krankenkasse wurde benachrichtigt. Diese wollten mich sofort in die Schweiz zurückholen. Als sich aber die Ärzte gegenseitig austauschten wurde klar, dass eine Rückführung in die Schweiz für die nächsten Wochen undenkbar war. Mein Arbeitgeber wurde verständigt. Die Reaktionen und die Anteilname von all meinen Kolleginnen und Kollegen an meinem Arbeitsplatz waren überwältigend.

Am Dienstag wurde entschieden, dass ich am folgenden Mittwoch in das Bellvitge Hospital Universitari Barcelona verlegt werden sollte. Am Dienstag traf auch meine Schwester Erika ein. Alle erschienen sie wieder an meinem Bett auf der Intensivstation. Sie machten viel mehr durch, als ich selbst. Ich lag da und merkte von alldem nichts.

Für den Transport ins Bellvitge wurde ein Transport-Konvoi zusammengestellt. 2 Krankenwagen, 2 Begleitfahrzeuge, 4 Ärzte und 4 Pflegerinnen. Alles in doppelter Bestückung, falls etwas oder jemand ausfallen sollte. An der Spitze fuhr ein Polizeiwagen mit Blaulicht voraus. Der Konvoi bewegte sich auf der Autobahn mit 40 km/h. vorwärts. Meine Familie schaute beim Einlad zu und umarmte sich. Die Tränen flossen. Als sie mich in den Krankenwagen verladen wollten, öffnete ich die Augen. „Rols, tanca els ulls", sprach die Ärztin Pilar zu mir (Rolf, schließe die Augen). Ich schloss sie wieder.

Im Bellvitge verblieb ich weiterhin im Koma. Zu lange durften jedoch die Geräte nicht meine Funktionen übernehmen, unter anderem wegen dem Risiko einer Infektion. Am vierten Tag begannen die Nieren wieder selbständig zu arbeiten, ein Hoffnungsschimmer für alle.

Aus dieser Zeit im Koma blieben mir drei Träume im Gedächtnis. Allerdings weiß ich nicht, zu welchem Zeitpunkt ich diese Träume hatte. Aber ein Traum möchte ich nicht vorenthalten, den ich wahrscheinlich kurz vor meinem Aufwachen hatte:

Ich stehe in einem Gebäude vor offenen Gängen. Vor mir gibt es diverse Zugänge in wahrscheinlich andere Räume, in die sehe ich aber nicht hinein. Ich sehe nicht, wohin die diversen Gänge führen. Wände und Böden sind mit weißen Fliesen abgedeckt. Eine Frau und ein Mann besuchen mit ab und an. Sie tragen einen schwarzen Anzug, enganliegend, ähnlich einem Taucheranzug. Aber ohne Kopfüberzug. Die Gesichter kann ich mir nicht merken. Meine Arme sind auf meinem Rücken positioniert, ich kann sie nicht bewegen. Ich möchte in den Gang zu meiner linken Seite wechseln, dort hat es ein WC, ich muss Wasser lösen. Aber ich kann mich nicht dorthin bewegen, wahrscheinlich bin ich gefesselt. Links und rechts neben mir hat es im Boden Schächte, oder Kanäle. Durch einen dieser Kanäle taucht der Mann links von mir in unregelmäßigen Abständen auf, als ob er fliegen könnte. Ja, er kann fliegen, er liegt flach in der Luft und schwebt langsam zu mir, die Arme nach vorne gestreckt. Dann taucht er wieder unter, in den Kanal zu meiner rechten Seite. Er scheint mir gut gesinnt (das fühle ich), spricht aber nicht mit mir. Die Frau taucht selten zu mir auf, sie befindet an der rechten Seite von mir. Ihre Haare sind lang und blond. Sie zeigt sich nicht lange und schwebt schnell wieder weg durch den Kanal. Auch sie spricht nicht mit mir. Noch einmal taucht der Mann auf. Er stellt sich hinter mich und ich spüre seine Hände an meinem Rücken. Dies dauert eine Weile. Plötzlich stehe ich draußen im Freien, in einer mir fremden

Bergwelt. Ich glaube, es ist Österreich oder Deutschland. Ich fühle mich frei.

Nach neun Tagen erwachte ich. Just an diesem Tag war Ana nach Hause geflogen, um die wichtigsten Angelegenheiten in der Schweiz zu erledigen. Sarah und Denny waren ebenfalls wieder an der Arbeit in der Schweiz. Aber Mireia und Toni waren bei mir, als ich erwachte. Ich schrie nach Ana und weinte. Es gelang ihnen nicht, mich zu beruhigen. Erst als Jordi bei mir war, ging es mir etwas besser. Von diesem Moment ist mir heute nichts präsent. Sie haben aber ein Foto von mir gemacht, das zeigt, wie ich beide Daumen in die Höhe strecke und ein (doofes) Grinsen im Gesicht habe.

Dieses Kapitel beschreibt die erste Phase, wie ich mich nach dem Aufwachen gefühlt habe. Sie dauerte etwa drei bis vier Tage. Ich empfand anders als wie gewohnt und sah Dinge oder Menschen, die andere nicht sehen konnten. Ich glaubte auch, dass ich in die Zukunft sehen konnte. Jedenfalls sah ich kurze Zeitspannen tatsächlich im Voraus, die sich dann auch so ereignet haben. Es war so, als ob ich für eine kurze Zeit einen zusätzlichen Sinn mehr hatte als im gewöhnlichen Leben. So sah ich die Besuche von Verwandten im Voraus und hörte auch ihre Stimmen und Worte, die sie sprachen. Als sie dann tatsächlich bei mir waren, wiederholten sich die Sätze im gleichen Wortlaut, wie ich sie vorher gehört hatte.

Aus weiter Ferne hörte ich, wie Ana zu mir sagte: «Wir gehen jetzt in ein anderes Spital, das Beste vom Besten. Wir werden etwa 3-5 Tage dort sein».

Diese Worte hörte ich. Aber mir widerstrebte es, in ein Spital zu gehen. Was sollte ich in einem Spital? Ich konnte mich auch zuhause erholen. Ich bemerkte, wie Pepi und Jordi mein Bett in Richtung eines Einganges zu einem Spital rollten. In der Eingangshalle mussten wir warten, bis ein

Zimmer frei werden sollte. Vor mir sah ich lauter Pflegepersonal und Ärzte, die hinter einer Verglasung standen. Sie hatten Gesichter wie die Figuren in der Muppet Show und bewegten sich kaum. Wenn ich aber den rechten Arm hin und her bewegte und sie so dirigierte, fingen sie an zu tanzen. Ein Blick über meine rechte Schulter zeigte mir, dass Pepi und Jordi alles filmten, beide mit einer eigenen Kamera. Jordi hatte wohl die Stative der beiden Kameras selbst gebastelt. Zur Verstärkung oder Stabilisierung der Stativbeine hatte er noch PET- und andere Kunststoffflaschen benutzt. Die ganze Zeit war ich am Dirigieren, damit sich die Personen auch bewegten und mir endlich ein Zimmer zuweisen konnten. Doch nichts geschah. Ich sagte zu Pepi und Jordi, dass sie doch schlafen gehen sollten und schaute nochmals über meine rechte Schulter. Da bemerkte ich, dass Jordi bereits gegangen war und nur noch Pepi am Filmen war. Das Filmstativ hatte er am gleichen Ort stehen gelassen. Danach musste ich eingeschlafen sein. Am nächsten Morgen war auch Pepi nicht mehr hinter der Kamera.

Es erstaunte mich, dass die weissen Leintücher einen blauen Schriftzug in spanischer Sprache trugen «Institut Català de la salut». Ich befand mich doch in einem Spital in den österreichischen Alpen an der Grenze zu Deutschland.

Allerdings wusste ich nicht mehr, ob Ana mich da hinge-
bracht hat. Auf alle Fälle war ich mir sicher, dass ich nicht
selbst mit dem Auto gefahren war. Das Pflegepersonal
sprach ausschliesslich spanisch. Wahrscheinlich befand ich
mich in einer Niederlassung von einer spanischen Spital-
kette hier oben in den Bergen. Vor meinem Bett war ein
Schild «Salida» angebracht. Der Ausgang war folglich
gleich links von meinem Bett. Wahrscheinlich musste ich
nur kurz eine kleine Treppe hinauf gehen und schon war
ich draussen in Freiheit.

Meine Gedanken bewegten sich fast ausschliesslich nur
darum, wie ich hier herauskam, mit der Flucht. Mein Zimmer hatte einer Schiebetür aus Glas, meistens aber war die
Türe offen. Von der linken Betthälfte aus konnte ich einen
Teil des Spital-Eingangs sehen im unteren Stockwerk. Ich
beobachtete, wie Ana und Sarah mit der Chefin des Spitals
diskutieren, wahrscheinlich über meine Entlassung. Sarah
schob ein Bündel EURO-Noten über den Tisch, die Chefin
nahm das Geld zu sich. Somit war es wohl nur eine Frage
der Zeit, bis ich endlich das Spital verlassen konnte. Später
sah ich dann aber, wie die Chefin den Beiden das Geld wieder zurückgab. Offenbar konnte ich das Spital doch noch

nicht verlassen, der Bestechungsversuch hatte leider nicht funktioniert.

Am nächsten Tag bekam ich Besuch. Jordi und Pepi, Mireia und Tony, Jordi junior und Monica, alle waren sie gekommen! Von Spanien nach Österreich! Das bewegte mich sehr, dass sie alle den weiten Weg auf sich genommen hatten. Ich fragte Mireia, wo denn der Flughafen sei und sie zeigte zum Fenster raus und meinte: «gleich da, nur wenige 100 Meter weit». Erstaunt hatte es mich jedoch etwas später, als Jordi junior sagte, er müsse jetzt gehen, da er am Nachmittag zur Arbeit müsse. Von Österreich nach Spanien zurückfliegen und dann noch arbeiten gehen?

Etwas später erschien eine Pflegerin mit einem Joghurt, das für mich bestimmt war. Eigentlich stand ich nicht so auf Joghurt, aber probieren konnte ich ja eines. Ich nahm den Löffel und versuchte, meinen Mund zu treffen. Das Joghurt landete überall, nur nicht in meinem Mund. Ich war zu zittrig, Jordi musste mir beim Essen helfen.

Aus dem Kanton St. Gallen war ebenfalls ein Patient anwesend. Den ganzen Tag hörte ich ihn sprechen in seinem St. Galler-Dialekt, wahrscheinlich war seine Zimmertüre auch offen. Was er inhaltlich von sich gab, konnte ich mir nicht merken, nur, dass er jedes Jahr hierherkomme und eine Erholungskur mache. Allerdings hatte er einen fürchterlichen Husten. Seine Hustenanfälle wiederholten sich in zeitlich regelmässigen Abständen und liessen nichts Gutes ahnen.

Am nächsten Tag fragte ich zum wiederholten Male eine Pflegerin, wo meine Kleider seien und wann ich gehen könne. Sie meinte, wahrscheinlich sei es morgen soweit. Wie ich dann zufrieden feststellen konnte, erschien etwas später eine andere Pflegerin mit 3 Papiersäcken, wo offensichtlich alle meine Kleider und sonstige Gegenstände darin waren. Sie legte die Säcke unter das Pult des Pflegepersonals, so dass für den morgigen Entlassungstag alles griffbereit war.

Am nächsten Morgen stellte ich aber fest, dass die Säcke nicht mehr unter dem Pult lagen, ich konnte sie auch sonst nirgendwo sehen. Mein Entschluss stand fest: Sie liessen mich nicht gehen - ich musste fliehen! Aber ich hatte ja noch diese Sonde für die Ernährung im Magen. Ich zog mir das Röhrchen aus der Nase und aus dem Bauch. Es war ziemlich unangenehm, aber dann hatte ich ca. einen halben Meter Schlauch aus der Nase rausgezogen. Ebenfalls musste ich die eine Infusion am Arm wegnehmen, was mir auch gelang. Ich setzte mich im Bett auf und versuchte, seitlich auszusteigen. Gleich war ich soweit und konnte das Spital verlassen. Aber plötzlich stürmten 4 Pflegerinnen in mein Zimmer und hielten mich fest. Ich schrie nach Ana, nach Sarah und nach Jordi, aber niemand kam mir zu Hilfe. Es war auch kein Schreien, eher ein Krächzen. Meine Stimme war belegt und schwach. Mein Fluchtversuch war misslungen, aber das Schlimmste kam noch: Der Schlauch für die Ernährung wurde von einer Pflegerin via Nase wieder in den Magen zurückgeführt.

Immer wieder sah ich Märchenfiguren oder Gegenstände, die offenbar von der Spitalleitung an die Wände oder auf Gegenstände projiziert wurden, wie Zwerge, Phantasiefiguren, Baumstämme, aber auch EURO-Noten, die durch die Luft flogen. Das Pflegepersonal beachtete dies nicht, offenbar hatten sie sich in all der Zeit an diese Figuren gewohnt. Einmal landete sogar ein verkleinerter 5 EURO-Schein auf meinem rechten Arm. Ich versuchte, ihn mit der linken Hand zu ergreifen, aber er rutschte mir immer wieder zwischen den Fingern weg. Diese Figuren lösten in mir keine unguten Gefühle aus, sie waren einfach da und gehörten wohl zum Tagesablauf. Einzig komisch war für mich, dass sich das Personal gar nicht darum kümmerte. Aber auch Jordi konnte sie sehen. Einmal hatte ich ihn auf einen Zwerg aufmerksam gemacht. Dieser trug bunte Kleider und sass regungslos etwa 5 Meter vor uns auf einem Stuhl. Auch Jordi fand Gefallen an ihm - sagte er jedenfalls.

Tagsüber sah ich etliche Male Sarah, wie sie in den Büros der Pflegerinnen und Pfleger ein- und ausging. Offenbar hatte sie hier eine Anstellung gefunden für die Dauer, wo ich hier war. Leider besuchte sie mich nie am Bett, sie hatte viel zu tun. Einmal sah ich, wie sie mit meiner Pflegerin eine Diskussion führte. Als die Pflegerin zu mir zurückkam, fragte ich sie, was Sarah gesagt habe.

«Wer ist Sarah?» fragte sie mich.

«Mit ihr hast du gerade gesprochen», gab ich zur Antwort.

«Ach so, es sei alles in Ordnung, meinte sie».

Auch Denny sah ich immer wieder. Er sass allein unten im Kaffee an einem Tisch und hatte eine Tasse Tee oder Kaffee vor sich. Offenbar wartete er ab, wie sich alles weiter entwickeln sollte. Ebenfalls hörte ich immer wieder die Stimme von Hansruedi, er befand sich auch im Kaffee in der Eingangshalle und diskutierte mit anderen Leuten, aber sehen konnte ich ihn nicht. Auch in diesem Falle verstand ich die sprachlichen Inhalte nicht, sondern nahm nur den berndeutschen Dialekt wahr. An einem anderen Tag hörte ich, wie Jordi und Erika den Lift bestiegen, um mich zu besuchen. Offenbar hatten sie sich aber die Besuchszeiten nicht richtig gemerkt. Ich durfte erst um 15.00 Uhr besucht werden, sie waren aber bereits am Morgen im Lift und fuhren damit rauf und runter, den halben Morgen lang! Es war ja klar, ausserhalb der Besuchszeiten öffneten sich die Lifttüren in diesem Stock nicht. Ich sagte zu meiner Pflegerin, was ich hörte. Sie aber meinte, das seien nur die anderen Pfleger und Pflegerinnen, die den Lift benutzen würden. Ich erwiderte: «Warte es ab, gleich kommen Sie und du wirst sehen, dass ich die Wahrheit gesagt habe»

Sie kamen an diesem Tag nicht!

Links von meinem Zimmer war eine Familie aus Bern einquartiert, ein Ehepaar mit zwei Kindern. Offenbar hatten sie dieses Zimmer gemietet oder auch gekauft, ich wusste es nicht. Die Kinder sah ich zwar nie, aber hören konnte ich sie gut. Der Mann war wohl als Hauswart oder so was Ähnliches angestellt, er lief viel vor meinem Bett vorbei in Handwerkerkleidung. Die Frau kam aus der Theaterwelt. Täglich gab sie eine Vorstellung vorne an der Bar, seitlich von meinem Zimmer. Sie trug immer eine Perücke mit langen Haaren und sprach ihre Rolle in einem Monolog vor sich hin. Ich verstand auch bei ihr das meiste nicht, sie war zu weit entfernt von mir. Eigentlich hatte sie auch keine Zuschauer, wahrscheinlich übte sie für einen reellen Auftritt. Bis dann an einem bestimmten Tag ein Polizist in ziviler Kleidung auftauchte. Er war ebenfalls ein Berner, der wohl in Spanien etwas aushelfen musste wegen der vielen Touristen aus der Schweiz. Auf jeden Fall hörte ich, dass er sie zum Flughafen bringen werde und sie zurück in die Schweiz müsse. Sie war in einen Verkehrsunfall verwickelt gewesen und hatte Fahrerflucht begangen. Allerdings diskutierten sie noch lange weiter und mir schien, als ob sie den Polizisten zu bestechen versuchte.

Ich erzählte Ana von diesem Berner Paar. Dabei schaute sie mich etwas ungläubig an. Kurz darauf fragte sie eine Pflegerin, ob noch ein weiterer Schweizer neben mir auf der Intensivstation sei. «Er ist der einzige Ausländer, den wir hier auf der Station haben», war ihre Antwort.

Eines Nachts erwachte ich. In meinem Zimmer war es eisig kalt, die Glasschiebetüre war verschlossen. Was ich aber draussen sehe konnte, versetzte mich in Erstaunen. Das Berner Paar von nebenan hatte den Gang vor meinem Zimmer in den Bahnhof Thun umgebaut. Die Kulissen waren in den Farben der SBB blau und rot. Es war eine Direktübertragung im lokalen Fernsehen. Titel der Sendung:

«heute Abend live aus dem Bahnhof Thun». Vor meinem Zimmer war die Eingangshalle mit dem Billettautomaten. Links davon der Perron mit einem eingefahrenen, stehenden Zug. Da es noch mitten in der Nacht war, bewegten sich nur wenige Pflegerinnen, Pfleger und Ärzte im Bahnhof. Doch ab und an lief jemand vorbei. Aber es war kalt. Eine Pflegerin kam zu mir und fragte mich, ob ich eine Decke brauche, was ich bejahte. Sie ging wieder raus, aber erschien nicht mehr. Wahrscheinlich hatte sie mich schon wieder vergessen in der ganzen TV-Hektik. Irgendwann musste ich wieder eingeschlafen sein.

Am nächsten Tag hatte ich Besuch von der Ärztin, eine zierliche, kleine Frau mit langen, gelockten Haaren und einem hübschen Gesicht.

«Wie geht es dir?» fragte sie mich.

«Danke, mir geht es gut», gab ich zur Antwort und gab noch einen drauf:

«Ich werde in den nächsten Tagen in die Schweiz zurückkehren und mich dort weiter behandeln lassen» Sie sah mich fragend an und fragte: «und wie willst du in die Schweiz zurück?»

«Na, mit dem Flugzeug», erwiderte ich. Sie sagte nichts und schaute mir weiter in die Augen. Dann senkte sie den

Blick und erwiderte kurz zu mir: «Das wäre ein Flug in die Sterne. Wenn du in die Schweiz zurückkehren willst, dann auf dem Landweg, mit einer Ambulanz». Sprachs, erhob und entfernte sich und wartete auf keine Antwort meinerseits. Diese Aussage schockierte mich etwas, ich begriff sie nicht. Wusste sie denn nicht, dass das 1200 km Distanz wären, Barcelona – Zürich?

An einem anderen Morgen erwachte ich frühzeitig, irgendetwas stimmte mit meinem linken Arm nicht, er fühlte sich warm an. Ich schob das Leintuch zur Seite und bemerkte einen grossen Blutfleck unter meinem Ellbogen. Sogleich betätigte ich den Alarmknopf für das Pflegepersonal. Zu zweit oder zu dritt rannten sie in mein Zimmer. An meinem zentralen Armkatheder war der Zugang zu einer Arterie geöffnet, das Blut floss heraus. Schnell war das Leck behoben und die Leintücher gewechselt. Doch irgendwie kam mir das komisch vor. Wie konnte sich so ein Zugang selbst öffnen?

Eines Abends, es war so gegen 10 Uhr nachts, roch es nach angerichteten Muscheln. Die Pflegerinnen, Pfleger, Ärztinnen und Ärzte hatten ein gemeinsames Nachtessen organisiert, etwa zehn Meter vor meinem Bett entfernt. Sie assen Muscheln, tranken Wein und unterhielten sich, ich weiss aber nicht mehr über welche Themen. Eines ist mir jedoch noch geblieben. Eine deutsche Pflegerin bot den Anwesenden Lederjacken an. Sie sprach spanisch mit einem deutlichen deutschen Akzent. Die Jacken seien von bester Qualität, aus «piel, piel, piel…..» («Leder, Leder, Leder….»). Sie verlangte den Preis von 185 Euro, aber niemand ging auf das Angebot ein. Etwas später kam eine rothaarige Pflegerin zu mir und sprach auf mich ein. Sie stammte aus Lloret de Mar. Ich glaubte zu verstehen, dass sie mir noch eine Spritze geben wolle für eine bessere Verdauung. Ich versuchte zu erklären, dass meine Verdauung ganz gut funktioniere, aber sie tat so, als ob sie mich nicht verstehen würde. Die Spritze gab sie mir in die Bauchdecke. Der Einstich schmerzte und ich beschloss, dass mir diese Pflegerin nicht sympathisch war. Erst viel später erfuhr ich, dass die Spritze gegen Thrombose war. Bevor die Party zu Ende ging, verteilte die Chefin noch Boni an ein paar auserwählte Personen, dann verliessen alle wieder den Gruppenraum. Vorab die enttäuschte deutsche Pflegerin, die keine Lederjacke an die Kolleginnen und Kollegen verkaufen konnte. Es war morgens um halb sechs. Ich hörte ein ratterndes Geräusch und staunte nicht schlecht, was da vor meinem Zimmer anrollte. Eine stählerne, rote, kleine Giraffe auf Rädern.

Sie wurde von zwei Männern begleitet. Der eine kam mit einer rechteckigen Platte unter dem Arm auf mich zu, hob meinen Rücken an und schob mir die Platte hinter den Rücken. Aha, ich verstand, sie wollten von meiner Brust eine Röntgenaufnahme machen mit dieser rollenden Röntgenmaschine. Ich solle tief einatmen und den Atem anhalten, meinte der eine zu mir. Beide verliessen kurz das Zimmer, kehrten zurück, nahmen die Platte wieder zu sich und verschwanden innert kürzester Zeit wieder aus meinem Zimmer.

Gleich danach kam eine Pflegerin und nahm mir Blutproben. 4 Fläschchen füllte sie ab.

Am nächsten Morgen hörte ich die Giraffe wieder. «Aha, da kommt noch ein anderer dran mit Röntgen!» So mein Gedanke. Doch Irrtum, sie hielten vor meinem Zimmer! Die hatten sich wohl im Zimmer geirrt. Denn das wusste ich: zu viel Röntgen schadet und ist ungesund. Ich versuchte, dies den beiden klar zu machen. Aber die kannten nichts, entweder verstanden sie mich nicht oder hatten einen klaren Auftrag: Sie mussten nochmals eine Röntgenaufnahme von mir machen! Meine Reklamationen nützten nichts, die Aufnahmen wurden gemacht.

Ich hatte viele Krankenbesuche. Ana kam täglich 2 Mal, entweder allein, meistens aber mit Pepi. Wieder einmal standen die Beiden an meinem Bett. Mir war immer noch nicht klar, wo ich mich tatsächlich befand. Es war mir auch aufgefallen, dass mich die eine oder andere Pflegerin fragte, ob ich wisse, wo ich sei. War ich jetzt in Österreich, in der Schweiz oder in Spanien? Ana sagte zu Pepi: «Sag du ihm, wo er sich befindet». Ich sehe Pepi heute noch vor mir. Sie stand am Fussende vor meinem Bett. Ohne den Blick auf mich zu richten, sondern zu Boden gesenkt, sagte sie zu mir in einem ganz ruhigen Ton: «Du bist in Barcelona». Fertig, das war alles, keine weiteren Erklärungen, nur: «Du bist in Barcelona». Ich glaubte ihr.

Sie nannten mich „Rols", nicht Rolf. Am linken Handgelenk trug ich den Armbändel mit diesem Namen. Ich weiß bis heute nicht, wie es dazu kam, dass ich diesen Namen bekam. Aber irgendwie gefiel er uns allen und wir ließen ihn nicht korrigieren.

„Rols, heute frühstücken wir"! Diese Worte vergesse ich nicht mehr. Ich nahm eine Pflegerin wahr, die sich in meinem Zimmer befand und diesen Satz so nebenbei erwähnte, während sie mein Leintuch richtete. „Heute frühstücken wir". Ja – ich hatte bis anhin nie Frühstück bekommen. Ich fühlte ich mich gut und freute mich auf mein Frühstück. Mein Kopf war klar, ich verspürte Hunger und Lebensfreude. Meine Fluchtgedanken waren verflogen.

Das Frühstück bestand aus einem runden, salzlosen Brötchen sowie zwei Scheiben Schinken, einer großen Tasse Kaffee sowie einem Apfel. Das Brötchen allein schmeckte mir nicht, aber mit dem Schinken belegt war es recht gut. Der Kaffee war herrlich, ich genoss ihn und nahm ihn in kleinen Schlucken zu mir.

Mein Zimmer war zugleich das Arbeitszimmer für meine Pflegerin oder meinen Pfleger. Darin befand sich ein

PC mit Drucker. Ebenfalls war eine Rohrpostanlage vorhanden. Von da kamen die Aufträge für das Pflegepersonal (Blutentnahme, Medikamentendosis usw). Die meiste Zeit war jemand in meinem Zimmer, der mich betreute. Heute war es Maria, eine junge, hübsche Frau aus dem Süden Spaniens, aus Cadiz. Sie hatte einen dunklen Teint und eine schlanke Figur. Ihr hübsches Gesicht wurde durch zwei leicht gerötete Wangenbacken betont. Sie sprach nicht viel und wirkte ernsthaft, aber ich hatte das Gefühl, dass wir uns gut verstanden. Sie schrieb viel am PC, wahrscheinlich auch an meinem Bericht. Dieser war unterdessen zum „Beispielbericht" geworden, wie ich später vernahm. Meine Genesung war ein kleines Wunder, die Ärzte waren stolz, so gute Arbeit geleistet zu haben und auch darauf, wie mein Gesundheitszustand sich zunehmend verbesserte, und dies in einem raschen Tempo.

Frühstück gab es um 09.00 Uhr, Mittagessen um 14.00 Uhr und Abendessen um 21.00 Uhr. Zum Zvieri bekam ich einen Protein Drink mit Vanille Geschmack. Etwas, was ich vor dem Herzinfarkt nie zu mir genommen hatte. Jetzt wusste ich es aber zu schätzen. Auch hatte ich reichlich Hunger. Das Essen war salzarm zubereitet. Serviert wurden immer drei Gänge, einen ersten Teller mit Suppe oder einer

Tortilla, einen Hauptgang mit Fisch oder Fleisch sowie eine Frucht zum Dessert. Leider war der Fisch ziemlich durchsetzt mit Gräten. So auch an jenem Abend, als Pepi und Mireia bei mir zu Besuch waren. Ich verzichtete darauf, den Fisch zu essen. Mireia sah sich den Fisch an, bekam einen roten Kopf, nahm den Teller mit dem Fisch und ging damit zu der Person, die ihn mir gebracht hatte. „Was meinst du eigentlich?", sprach sie die Person in einem vorwurfsvollen Ton an. „Er hat einen Herzinfarkt überlebt, etliche Organe sind vorübergehend ausgefallen, er lag neun Tage im Koma und jetzt wollt ihr ihn mit diesem Fisch töten?". Ihr Auftritt zeigte Wirkung: Die Köchin erschien und entschuldigte sich in aller Form. Die Wogen glätteten sich und es wurde entschieden, dass auf meiner Speisekarte der Fisch gestrichen wurde. Eine halbe Stunde später erschien die Köchin nochmals persönlich und servierte mir eine warme Mahlzeit, bestehend aus Würstchen und Kartoffeln.

Es folgte für mich eine gute Zeit. Die Phantasiefiguren waren verschwunden, ich sah sie nicht mehr. Die morgendlichen Blutentnahmen wiederholten sich täglich, ebenfalls die Röntgenaufnahmen. Das Ärzteteam stimmte mit diesen Werten und Maßnahmen wohl die Medikamentendosis ab. Nach den Eingriffen morgens um 6 Uhr genoss ich jeweils die nächsten 3 Stunden. Ich legte mich zur Seite und schlief sogleich wieder ein. Es war die Zeit, wo ich ohne zu Schwitzen gut schlafen konnte, bis das Frühstück kam. Während der Nacht schwitze ich viel.

Sie kamen zu dritt, mit 2 Waschbecken und 9 Schwämmen. Ich wurde gewaschen, überall, und ich bekam es zum ersten Mal so richtig mit. Zuerst wurde ich eingeseift, dann mit einem Schwamm abgerieben und anschließend mit einem Frotteetuch getrocknet. Die Bettwäsche wurde gewechselt und im Nu war alles beendet. Es war mir peinlich, aber selbst konnte ich mich noch nicht waschen. Es fehlte mir ganz einfach die Kraft, um aufzustehen.

Ich trug auch immer noch Windeln, bemerkte jetzt aber, wenn ich ein Geschäft zu erledigen hatte. So wie eben jetzt. Ich dachte mir, vielleicht könnte ich ja zu einem für alle Parteien etwas besseren Ablauf beitragen, wenn ich das vorgängig anmelden würde. Und tatsächlich, Maria brachte einen Pappbehälter, ähnlich einer Pizzaschachtel und schob mir das Ding unter das Gesäß. Ich hob mein Becken etwas an, um mich nicht in der ganzen Masse suhlen zu müssen und erledigte das Geschäft. Dann betätigte ich die Klingel für das Pflegepersonal. Das Becken hatte ich immer noch angehoben. „Jetzt müsst ihr dann kommen, so lange kann ich mich nicht mehr halten", ging es mir durch den Kopf. Sie kamen zu spät, die Kräfte verließen mich, das Becken senkte sich – kein gutes Gefühl.

Einmal bemerkte ich bei der Blutentnahme scherzhaft zu Maria, dass ich wohl bald kein Blut mehr haben würde, wenn mir täglich so viel abgenommen würde. Sie blieb ernst und murmelte etwas vor sich hin. Ich glaubte zu verstehen, dass sie nicht begriff, warum immer so viel Blut genommen werden müsse. Sie lächelte diesmal nicht.

Heute war Xavier – alle nannten ihn Xavi – mein Pfleger. Ein großer Katalane mit einem schönen Hobby: er sang sehr gerne. Gerade summte er „love me tender......" vor sich hin. Die sonore Stimme löste ein beruhigendes Gefühl in mir aus. „Rols, möchtest du etwas sitzen"? fragte er mich. Ich bejahte. Mein Bett war riesig, zwei Personen hätten darin Platz gehabt. Mit der Fernbedienung verwandelte Xavi das Bett in einen Lehnstuhl. Das Fußende wurde zur Beinstütze, die Bettmitte zur Sitzfläche und der Kopfteil zur Rückenlehne. Ich kam mir vor wie auf einem Thron und hatte jetzt vollen Blick auf den Gang und in den Pausenraum des Personals, sofern dort die Türe offen war. „Rols, wir werden uns wohl nicht mehr sehen" – „Warum" fragte ich etwas besorgt, „machst du Ferien"? „Nein, ich bin für vier Tage weg, ich mache eine Weiterbildung". „Aber Xavi, in vier Tagen bin ich nicht weg, so fit bin ich doch nicht". „Doch, alle, die sich so bewegen wie du, sind in zwei Tagen von dieser Station verlegt", gab er mir zur Antwort. „Aber Javi, ich habe noch keinen Schritt gemacht, ich kann noch nicht selbständig aufs WC und bin auf eure Hilfe angewiesen". „Du wirst sehen", meinte er nur kurz. Später zeigte er mir Fotos von seinem Zuhause, das nahe zum Meer gelegen war. Die Bilder von seinem einfachen Haus mit 3 ebenerdigen Sitzplätzen sahen verlockend aus. Das Haus stand im Schatten unter Pinien, davor schlief ein Hund.

Tatsächlich war es am nächsten Tag ein Thema, dass ich verlegt werden sollte in die halbintensive Abteilung. Sie sei zuoberst auf dem Dach, mit nur noch 1 Pflegerin oder 1 Pfleger für vier Patienten. Das stellte ich mir schön vor: ein Zimmer für mich allein, wie jetzt, mit einem Fauteuil und mit WC und erst noch eine schöne Aussicht aufs Meer. In zwei Tagen sollte es soweit sein. Maria kam und verabschiedete sich, sie werde aber bei meinem Umzug dabei sein. Sie habe extra ihre Diensteinteilung angepasst und werde an diesem Tag in der halbintensiven Abteilung arbeiten.

Und da war noch die Pflegerin Christina. Eine angehende Dreißigerin mit langen, braunen gelockten Haaren.

Als ich sie zum ersten Mal realisierte, kam sie mit erhobenem Arm und offener rechten Hand auf mich zu und fragte mich: „Bist du mein Freund?" klar wollte ich ihr Freund sein und klatschte mit meiner rechten Hand in die ihre. In einem halben Jahr wolle sie nach England auswandern, erklärte sie. Einfach etwas anderes erleben. Sie war Katalanin und hatte eine offene, humorvolle Art.

An einer meiner Zimmerwände hatte meine Familie Fotos angebracht, Fotos von unserer Familie. Sie gaben mir Kraft, waren aber zugleich auch Anziehungspunkt für das Pflege- und das Reinigungspersonal und oftmals der Grund für den Einstieg in eine lockere Gesprächsrunde. So lernte ich auch eine ganz junge Pflegerin kennen (den Namen habe ich vergessen), wahrscheinlich war sie um die 20 Jahre alt. Sie schaute sich die Fotos an und hörte meinen Ausführungen dazu interessiert zu. Voller Stolz zeigte sie mir danach ein paar ihrer Ferienfotos aus dem letzten Jahr. Zusammen mit ihren Eltern und dem Bruder bereisten sie Teile der Schweiz. Unter anderem waren sie auf dem Jungfraujoch und in der Gegend um den Genfersee gewesen.

Und dann kam der Tag, wo ich von der Intensivstation in die Halbintensiv wechseln durfte. Maria erschien und packte all meine wenigen Sachen für den Umzug. Ich musste in ein anderes Bett wechseln. Zu zweit hoben sie mich in ein bereitgestelltes Bett und schoben mich in den Gang zum Lift. Ich war sehr motiviert und freute mich auf mein neues Zimmer. Auf der Station angekommen, sah ich in der Mitte des Raumes eine Art Kommandoinsel mit dem Pflegepersonal. Eiförmig darum herum war ein Laufgang und im Anschluss daran waren die Krankenzimmer angeordnet mit zum Teil einer breiten Fensterfront. Insgesamt waren es wohl 10 – 12 Krankenzimmer. Mein Bett wurde in einen dunklen, schlauchförmigen Raum gerollt. Als Fenster diente eine kleine Lucke an der Decke von ca. 30 x 30 cm Grösse. Es war ein Doppelzimmer, dunkel und praktisch fensterlos. Das Zimmer erinnerte mich an meine Rekrutenschule bei den Festungstruppen. Dunkel und ohne Fenster. Meine Stimmung sank auf den Nullpunkt. Es war alles andere als „auf dem Dach mit Sicht aufs Meer".

Seit diesem Zeitpunkt hatte ich übrigens Maria nie mehr gesehen. Am Abend besuchten mit Ana und Pepi. Sie intervenierten beim Pflegepersonal. Die versprachen, sofern ein anderes Zimmer frei werde, könne ich das Zimmer wechseln. Ich versuchte dennoch, etwas zu schlafen. Mein Zimmernachbar telefonierte, wahrscheinlich mit seiner Frau. Ich glaubte zu verstehen, dass er am nächsten Tag nach

Hause gehen könne. Er beendete das Gespräch mit „besitos, besitos" „(Küsschen, Küsschen").

Mitten in der Nacht ging bei meiner Bettenstation ein Signalton los. Sogleich rannten eine Pflegerin und ein Pfleger zu meinem Bett. An meiner Brust waren sechs Elektroden angebracht, die meinen Puls und weiß ich was alles gemessen haben. Eine dieser Elektroden hatte sich gelöst und löste den Alarm aus. Rasch wurde der Defekt behoben und es kehrte wieder Ruhe ein. Doch ein bisschen stutzig wurde ich schon: Vor ein paar Tagen erwachte ich in einem kalten Zimmer, jemand hatte die Klimaanlage tiefgestellt. Dann der Blutverlust wegen einer offenen Kanüle an einer meiner Arterien und jetzt ein Signalton, wo gleich 2 Pfleger zu mir gerannt kamen?

Doch bereits am nächsten Morgen waren alle schlechten Gedanken verflogen, ich durfte in ein anderes Zimmer wechseln. Es war für mich ein Zimmer erster Klasse. Es hatte eine breite Fensterfront, ein eigenes WC sowie einen bequemen Sessel. Der Eingang zum Zimmer war offen, ich konnte direkt auf die Kommandoinsel sehen, wo sich die Pflegerinnen und Pfleger an den Computer aufhielten, wenn sie sich nicht gerade bei einem Patienten befanden. Aber noch etwas besaß dieses Zimmer: eine große Uhr an der Wand, ähnlich einer Bahnhofsuhr in der Schweiz. Jetzt konnte ich jederzeit die Zeit ablesen und musste nicht mehr das Personal fragen.

Etwas später kam Pflegerin Rosa auf mich zu und fragte mich, ob ich in den Sessel sitzen möchte. „Ja, gerne", gab ich ihr zur Antwort. Ich durfte also zum ersten Mal mein Bett verlassen. Was doch so ein Stationswechsel alles ausmacht! Etwas stutzig wurde ich, als gleich 2 Pflegerinnen zu mir ans Bett kamen. Ich musste ja nur aufsitzen, einen knappen Meter zum Sessel laufen und wieder absitzen. Das Aufsitzen funktionierte gut, die Beine ließ ich über den Bettrand baumeln. Der Blasenkatheder musste noch zurechtgelegt werden, damit ich nicht über dem Schlauch stolpern würde. Dann durfte ich meine Füße in die parat gestellten Pantoffeln stecken und versuchen, aufzustehen. Jetzt wurde mir ganz schnell klar, warum 2 Pflegerinnen bei mir waren und mich unter den Armen stützten: meine Beine sackten ein, ich hatte kaum Kraft. Mit dem Kreislauf schien es auch nicht am besten zu sein, mir wurde es etwas schwindlig. Ich schlurfte diesen einen Meter den Boden entlang, kräftig unterstützt von den Pflegerinnen und ließ mich in den Sessel fallen. Ich schwitzte und hatte Durst. Später erzählte mir Rosa von ihrer Familie. Sie habe 2 Kinder, eines noch ganz klein. Dieses beanspruche sie zeitlich sehr und sie sei froh, wenn sie hier stundenweise aushelfen könne. Und das nächste Kind werde sie „Rols" taufen, erklärte sie mir mit einem breiten Grinsen im Gesicht, dementierte jedoch sogleich wieder ihre Aussage.

Ich hatte es gut mit dem Pflegepersonal. Wir verstanden uns hatten auch Spaß miteinander. So schien es Xavi etwas zu nerven, wenn ich in dem großen Bett immer am rechten Rand lag. Er fragte mich, warum ich nicht in der Mitte liegen wolle. „Xavi – da hat es doch Platz für eine Freundin", erwiderte ich ihm. Diese Aussage bewegte ihn zu einem herzhaften Lachen. In Wahrheit lag ich immer so weit rechts außen, weil ich so den Blick frei hatte für allfällige Besucher, die zu mir wollten.

Auch die „Du"-Anrede gab mir das Gefühl, aufgehoben zu sein und Menschen in der Nähe zu haben, die einem etwas vertraut sind. Eine Angewohnheit, die mir später in der Schweiz etwas gefehlt hat.

Am nächsten Tag erschien eine Physiotherapeutin. Sie zeigte mir verschiedene Übungen, die ich machen sollte: 10x die Finger zur Faust ballen und wieder öffnen, die Beine 10x anheben oder seitlich nach links oder rechts zu bewegen. So richtig konnte ich mich für diese Übungen nicht motivieren, sie schienen mir etwas zu leicht. Aber bereits am nächsten Tag wurde es bitterer Ernst. Die Therapeutin erschien mit einem Rollator. Ich durfte wieder aufstehen und mich am Rollator festhalten. Der Nebelscheinwerfer (Urinbehälter vom Blasenkatheder) kam vorne in den Korb vom Rollator. Und dann machte ich meine ersten Schritte. Die Therapeutin hielt mich hinten am Rücken am Pyjama fest und begleitete mich auf meinem Rundgang. Dieser führte mich rund um die Kommandoinsel, ganz gemächlich. Ich erhielt Bravorufe vom Pflegepersonal, „schaut mal, Rols geht spazieren" und sie winkten mir zu. Ich konnte nicht zurückwinken, ich musste mich mit beiden Händen an den Griffen des Rollators festhalten. Aber ich versuchte, ihnen ein Lächeln zu schenken. Nach diesen 50 Metern war ich froh, wieder ins Bett wechseln zu können. Ich hatte noch viel zu wenig Kraft.

Jeweils gegen 22 Uhr wechselte das Pflegepersonal. Die Leute von der Nachtschicht übernahmen die Patienten und lösten das Tagesteam ab. Die für mich zuständige Pflegerin kam jeweils rasch zu mir, stellte sich vor, falls wir uns noch nicht kannten und fragte mich nach meinem Befinden. An diesem Abend erschien eine Gruppe, die ich noch nie gesehen hatte. Sie sahen auch gar nicht so spanisch aus und machten irgendwie einen fremden Eindruck. Zu fünft oder sechst standen sie im Kreis und diskutierten miteinander. Ich glaubte, 2x oder 3x meinen Namen zu hören. Und tatsächlich, wenig später kamen zwei von ihnen auf mein Bett zu und sagten zu mir: „Rols, wir waschen dich".

Am Wochenende bekam ich Besuch aus der Schweiz. Denny, Magali und der noch nicht 1-jährige Albert waren für einen Kurzbesuch zu mir nach Barcelona geflogen. Auch Sarah und Cédric reisten an wie auch Erika und Daniel. So kurz sie auch blieben, die Besuche taten mir gut und spendeten mir Kraft.

Die Pflegerinnen konnten aber auch überraschend streng sein. An einem Nachmittag verspürte ich wieder den Drang für den Besuch des WCs. Doch davor hatte ich Angst. Aber ich hatte auch Hemmungen, mein Geschäft nochmals im Bett zu machen. Ich rief der Pflegerin und sagte, dass ich ein Geschäft zu verrichten hätte. „Rols, das WC ist dort drüben", sagte sie und verschwand sogleich wieder. Ich versuchte, das Geschäft hinauszuzögern, was mir kurzfristig auch gelang. Aber dann kam der Punkt, wo etwas geschehen musste. Ich versuchte es nochmals mit der Pflegerin, aber diese zeigte sich nicht interessiert und verwies mich wieder auf das WC. Also begab ich mich dorthin, den Nebelscheinwerfer in der Hand tragend. Diesen legte ich im WC in das Lavabo und setzte mich dann auf das Klo. Das funktionierte wunderbar! Geschäft erledigt, Spuren beseitigt und nun aufstehen. Aufstehen? Die Beine machten nicht mit, ich versuchte es nochmals, aber es fehlte mir die Kraft, ich begann zu schwitzen. Links und rechts waren an der Wand je 1 Haltegriff montiert, mit den Händen hielt ich mich daran fest und versuchte, mich hochzuziehen. Es gelang mir, aber ich war erschöpft. Der Schweiß lief mit von der Stirn und wollte nur noch ins Bett, so schnell wie möglich.

Die Tage zogen vorbei, im Gehen machte ich Fortschritte. In Begleitung einer Pflegerin durfte ich jetzt schon aus der Pflegestation raus in den Gang laufen, wo ich die Aussicht auf das ferne Meer genießen konnte. Damit das Ganze etwas ästhetischer aussah, „versteckten" wir den Nebelscheinwerfer in einer Papiertragtasche und trugen diese in der Hand mit. Aber lange dauerten diese Ausflüge nicht, meine Beine wurden schnell schwach und wir kehrten wieder ins Zimmer zurück.

An einem der nächsten Tage, es war ein Montag, trat die Frau Doktor zu mir ins Zimmer. Sie setzte sich auf meine rechte Bettseite, mit dem Rücken zu mir, den Kopf über ihre linke Schulter geneigt, den Blick zu mir gerichtet und sagte trocken: „Morgen gehst du!". Verdutzt schaute ich sie an. „Wohin gehe ich?". „Du gehst zurück in die Schweiz, du bist transportfähig". „Und wie gehe ich zurück?", fragte ich sie sogleich. „Mit dem Flugzeug", antwortete sie mir. „Was für ein Flugzeug?", fragte ich. „Ein Charter, nach Zürich", war ihre knappe Antwort, stand auf und schon war sie wieder weg.

Das war jetzt doch etwas überraschend. Obwohl ich hier sehr gut behandelt wurde, wäre ich gerne in die Schweiz zurückgekehrt. Aber so von einem Tag auf den andern, und dann noch mit einem Charterflug? Ich erzählte am Abend Ana davon, welche sofort Sarah in der Schweiz informierte. Sarah nahm mit der Krankenkasse Kontakt auf. Die versprachen, sich der Sache anzunehmen. Bereits einen Tag später erfuhr ich von meiner Familie, dass mich die REGA am kommenden Donnerstag abholen würde. Offenbar hatten sich die Ärzte nochmals untereinander ausgetauscht und dann aber die Idee verworfen, die Rückkehr in die Schweiz mit einem Charterflug zu wagen.

Ich freute mich auf die Heimkehr! Und die Ärzte befanden, dass ich nicht mehr auf der Halbintensivstation verbleiben müsse und ordneten einen Zimmerwechsel in die allgemeine Abteilung an. Gleichentags durfte ich das Zimmer wechseln und fünf Stöcke weiter unten mein Zimmer für die restlich verbleibenden drei Tage beziehen. Es war ein zweier Zimmer. Das eine Bett war schon belegt, mit Pepe. Pepe hatte das gleiche Schicksal erfahren wie ich, einen Herzinfarkt mitten in Barcelona. Pepe war Besitzer von drei Restaurants, war Single und wahrscheinlich um die 50 Jahre alt.

Die Stationspflegerin war ebenfalls um die Mitte 50 und eine liebenswerte, herzenswarme Person. Sie hatte immer ein Lächeln auf den Lippen (una sonrisa en sus labios) und wirkte sehr routiniert und kompetent. Das erste, was sie von mir verlangte war: „Setz dich auf den Stuhl, ich entferne dir den Blasenkatheder". „Das wird unangenehm," dachte ich mir. Gehorsam setzte ich mich auf den Stuhl. Sie kniete sich vor mich nieder und sprach in einem ruhigen Ton zu mir: „hole jetzt tief Luft und schnaufe danach langsam aus". Ich schaute sie an, sie hatte immer noch das Lächeln auf ihren Lippen. Ich holte tief Luft, in der Meinung, dass sie das Katheder beim Einatmen entfernen würde. Irrtum, erst als ich ausatmete, entfernte sie das Katheder mit einem Ruck. Ich schloss die Augen und überlegte, ob ich jetzt schreien oder den Tapferen spielen sollte. Ich beschloss, nicht zu schreien und schaute sie an. Sie hatte immer noch den gleichen Ausdruck im Gesicht und sagte zu mir: „Wenn du Pipi hast, mach es in den Plastikbehälter in der Toilette. Spüle es nicht ins WC, ich will sehen, wie es aussieht".

Pepe sprach nicht viel. Wir hatten einen Fernseher im Zimmer, aufgehängt an der gegenüberliegenden Wand. Er funktionierte nur, wenn man ihn mit Münzen fütterte. Ich glaube, für 5 EURO konnten wir einen ganzen Tag fernsehen. Pepe ließ den Fernseher meistens laufen, interessierte sich aber kaum für die Programme, die da ausgestrahlt wurden. Hauptsache, die Kiste lief.

Pepe hatte viel Besuch, aber nicht jedermann interessierte ihn. Einmal kam ein älterer Mann zu ihm. Dieser setzte sich auf einen Stuhl neben sein Bett und sagte zu Pepe: „Wie konnte das passieren?". Pepe gab ihm keine Antwort, drehte sich im Bett auf seine linke Seite, mit dem Rücken zum Besucher und stellte den Fernseher an. Nach einer Stunde verabschiedete sich der Besucher kurz mit einem „Adios" und verließ das Zimmer. Pepe war aber unterdessen eingeschlafen.

Pepe war gesundheitlich weiter fortgeschritten als ich. Er ging im Gang viel spazieren und duschte sich täglich. Duschen getraute ich mich noch nicht. Ich wusch mich im WC mit Einweg-Schwämmen.

Unser Zimmer hatte ein Fenster. Wenn ich mich auf den Sessel kniete, den Rücken gegen Pepe gerichtete, konnte ich auf die Autobahn sehen, den Zubringer zum Flughafen. Weiter entfernt sah ich sogar das Meer. Manchmal kauerte ich lange auf dem Sessel und schaute nur zum Fenster raus, in die stille Ferne.

Ich machte mir dabei so einige Gedanken über mein Leben, wie es wohl weiter gehen würde, oder sollte. Eigentlich hatte ich mir schon lange vorgestellt, nach meiner Pensionierung nach Spanien auszuwandern und hier den Lebensabend zu genießen. Ana war da eher skeptisch. Sie hätte lieber 2 Wohnsitze, einen in der Schweiz und einen in Spanien. So könnte man die Wintermonate in Spanien verbringen und die Sommermonate in der Schweiz. Aber dann zeigte sie Bedenken, dass die in den Sommermonaten freie Wohnung in Spanien eventuell besetzt werden könnte durch

Obdachlose. Und die kriegt man in Spanien ja nicht mehr so einfach aus der Wohnung raus. Auch Denny nahm mir etwas den Wind aus den Segeln. Er lebte anderthalb Jahre in Barcelona. Zuerst lernte er während einem halben Jahr die Sprache, danach arbeitete er in diversen Branchen mal hier mal dort, zuletzt als Buchhalter bei Bayer für einen Monatslohn von EUR 1500.--. Er sagte zu mir, als ich wieder einmal meine Pensionsgedanken zu Wort brachte: „Paps, vielleicht sind die Spanier nach 4 Wochen auch nicht mehr so freundlich zu dir wie sie das anfänglich waren".

Am Tag vor der Abreise musste ich noch zum Röntgen. Diesmal kam keine rollende Giraffe vorbei, sondern ein Pfleger, der mich abholte und mich in einem Rollstuhl zum Röntgenraum brachte. Weil er mich aber auf der Station nicht abgemeldet hatte, löste dies einem Alarm aus. Ich war ja immer noch bestückt mit Elektroden. Zwei Pflegerinnen rannten in mein Zimmer und fragten: „Wo ist er?" Ana und Jordi beruhigten sie und klärten sie über meine Abwesenheit auf. Zurück im Zimmer schaue ich gespannt auf die Uhr. Heute war der 26. Tag seit meinem Herzinfarkt in Mataro. Und heute war es soweit, die REGA sollte mich abholen.

Ich setzte ich mich wieder in den Sessel neben meinem Bett. Catarina, eine Pflegerin, musste mich noch für die Reise vorbereiten, sozusagen reisefertig machen. Am linken Arm schloss sie mir einen peripheren Venenkatheder an, falls während dem Flug etwas Unvorhergesehenes mit mir geschehen sollte. Ich kriegte ein frisches Pyjama - eine schöne hellblaue Hose und eine hellblaue Jacke mit Knopfverschluss. Ana und Jordi waren bei mir. Am Morgen hatten sich alle anderen Familienmitglieder von mir verabschiedet, Pepi, Mireia mit Toni und Jordi mit Monica. Ich reiste ohne Gepäck. Ich trug nur das Handy, meine Identitäts- sowie die Krankenkassenkarte auf mir. Sarah würde mich am Abend im Uni-Spital Zürich besuchen und die Toilettenartikel und die Wäsche vorbeibringen. Im Anschluss an die Visite würde sie noch Ana vom Flughafen abholen. Ihr Rückflug kam erst um 21 Uhr in Zürich an.

In diesem Augenblick erhielt Pepe Arztvisite, Ana und Jordi mussten das Zimmer verlassen. Pepe wusste noch nicht, dass er nicht in sein Haus zurück konnte nach dem Spitalaufenthalt. Die Ärzte wollten ihn in eine mehrwöchige Kur schicken, wo er seinen Job als Restaurantbetreiber etwas vergessen sollte. Das hatte seine Schwester zu Ana gesagt. In diesem Moment klingelte das Handy von Ana, es war Sarah. Ich stellte den Klingelton ab, es störte und sprechen wollte ich nicht während der Arztvisite. Erneut klingelte es. Ich nahm das Handy und verließ das Zimmer, um es Ana zu bringen. Als ich aus der Türe trat, stand ich vor dem REGA-Team: 2 Frauen und 1 Mann, alle in roter Kleidung, mit einer Rollbahre. „Ist das unser Patient, den wir abholen sollen? Das ist mir noch nie passiert, dass uns der Patient entgegen gelaufen kommt". Das waren die ersten Worte, die ich von der Ärztin hörte. Die Begrüßung war sehr herzlich. Wir standen alle mitten in der Kommandozentrale. Schon bald musste ich mich aber auf die Bahre legen. Pepe kam jetzt ebenfalls aus dem Zimmer. Er staunte, dass tatsächlich „der Schweizer" von einem Ärzteteam aus der Schweiz mit einem Flugzeug abgeholt wurde. Ich hänselte ein wenig Jordi (der auch etwas skeptisch gewesen war, dass das tatsächlich funktionieren sollte): „siehst du, sie sind gekommen, zu dritt!" „Ja", sagt er, „aber sie sind etwas zu spät", erwiderte er grinsend. Der Arzt verlangte nach einer CD, die die Aufnahmen meiner Herzgefäße zeigen sollte. Viele Leute standen jetzt um uns, Patienten, Pflegepersonal und Ärzte. Die CD wurde nicht gefunden, die

Zeit drängte für den Abflug, wir mussten gehen. Ich winkte allen und verabschiede mich. Etwas traurig war es schon, ich hatte hier sehr liebe und wertvolle Menschen kennen lernen dürfen, die stets für mich da gewesen waren und die für mich bestens gesorgt hatten. Ich fühlte mich hier stets geborgen und akzeptiert.

Das Team brachte mich zu einem Ambulanzfahrzeug. Angeführt wurden wir von einem spanischen Landsmann. Die Gänge im Spital waren lang, wir fanden nicht so schnell hinaus und liefen auch schon mal falsch, bis wir dann tatsächlich den Ausgang gefunden hatten. Hier verabschiedete ich mich von Ana und Jordi, danach wurde ich in das Ambulanzfahrzeug verladen. Die Fahrt dauerte nicht lange und wir näherten uns dem Eingang zum Flughafenareal. Alle drei Ärzte und der Ambulanzfahrer wurden beim Eingangstor von der Polizei kontrolliert und mussten aussteigen. Ich verblieb im Fahrzeug und musste keine Kontrolle über mich ergehen lassen. Nach kurzer Fahrt blieb das Fahrzeug stehen und meine Bahre wurde ausgeladen. Da stand er, der rote Jet der REGA, ein Challenger. Zügig wurde ich die Verladerampe hinauf gestoßen und befand mich sogleich im Innern des Flugzeuges. Links vom Eingang saßen zwei Piloten im Cockpit. Sie waren konzentriert mit den

Startvorbereitungen und schienen mich nicht zu bemerken. Mit meiner Bahre versperrte ich den Mittelgang. Schnell wurde ich in den Intensivplatz verlegt, eine Liege an der rechten Seite des Flugzeuges, oberhalb der Fenster. Ich würde rückwärts fliegen, mit dem Kopf voran. Mit einem „eins – zwei – drei – hopp" hievten sie mich zu viert von der Bahre auf den Intensivplatz; Meine Frage: „Darf ich sitzen" wurde leider verneint. „Wir müssen Sie während des Fluges den Überwachungsgeräten anschließen und beobachten", war die Antwort.

Ich fühlte mich trotzdem wohl und war etwas übermütig geworden: „na gut, wenn das so ist, bestelle ich Schnitzel mit Pommes". Die Ärztin lächelte mich an und antwortete: „damit können wir leider nicht dienen, aber Sie können auswählen aus einem Stroganoff mit Spätzli" oder zwei weiteren Menüs, die ich aber nicht mehr in Erinnerung habe. Erstaunt darüber, dass es wirklich etwas Warmes zum Essen gab, bestellte ich mit Freuden das Stroganoff. Unterdessen wurden die Triebwerke gestartet und wir rollten zur Startpiste. Der Himmel war wolkenlos und es schien ein ruhiger Flug zu werden. Ich war unterdessen an die Überwachungsgeräte angeschlossen. Auf der linken Seite konnte ich zu den Fenstern herausschauen, auf der rechten Seite hatte ich keinen Ausblick, da ich mich unmittelbar über den Fenstern befand.

Bereits kurz nach dem Start wurde mir das Essen serviert. Es schmeckte sehr gut. Ab und an ertönte ein Signalton von einem der Überwachungsgeräte. Schnell drehten sich jeweils alle drei Köpfe der Ärzte zu den Anzeigen, aber es schien kein Handlungsbedarf zu bestehen. Auch die Ärzte und einer der Piloten nahmen jetzt eine Mahlzeit zu sich. Ich hatte alles aufgegessen und genoss den Flug. Wiederum ertönte ein Signalton. Diesmal stand die Ärztin auf und sagte zu mir: „jetzt muss ich Ihnen Sauerstoff geben, ihr Wert beträgt nur noch 90%". Sie legte mir ein schmales Schläuchlein in die Nasenlöcher und schien kurz danach nach einem Kontrollblick auf die Anzeigen zufrieden zu sein. Der Flug dauerte jetzt nur noch 30 Minuten und die Piloten begannen mit dem Sinkflug. Die Landung war seidenweich und schon bald rollten wir Richtung Hangar. Vor dem Hangar wurde der Jet sofort mit einem Schlepper in die Halle gezogen und das Tor schloss sich wieder. Schnell stand neben mir die Transportbahre. Diesmal sagte eine Ärztin: „Schonen wir uns den Rücken, sie können sicher allein auf die Bahre wechseln". Kein Problem für mich, ich stieg um und wurde sogleich auf der Bahre festgeschnallt.

Ein Mann und eine Frau von Schutz und Rettung Zürich waren unterdessen auch ins Flugzeug gestiegen. Die eine Ärztin verabschiedet sich von mir. Sie musste den Challenger noch aufräumen und für den nächsten Einsatz vorbereiten. Ich wurde über die steile Flugzeugrampe ausgeladen und in ein Ambulanzfahrzeug umgeladen. Die andere Ärztin und der Arzt begleiten mich bis zum Unispital Zürich.

Auf der Fahrt zum Spital wurde ich einem kleinen Test unterzogen. Der Helfer von Schutz und Rettung fragte mich nach Namen, Geburtsdatum, Wohnort, Postleitzahl. Auf meine Ergänzung, dass die Postleitzahl zugleich mein PIN-Code zum Handy sei, erwidert er: „so genau wollte ich es nicht wissen".

Das Ambulanzfahrzeug stoppte vor dem Notfalleingang beim Universitätsspital Zürich. Sogleich wurde ich aus dem Fahrzeug herausgerollt und in das Gebäudeinnere verbracht. Die zwei REGA-Ärzte und beide Helfer von Schutz und Rettung begleiteten mich. Wir wurden freundlich empfangen, aber von meiner Ankunft im Spital hatte niemand eine Ahnung. Der REGA-Arzt betonte, dass er am Vortag mit einem Arzt telefoniert und mich angemeldet habe. Aber dieser Arzt war jetzt nicht im Dienst. Es hiess, wir sollen warten, in 5 Minuten kläre sich alles.

Tatsächlich erschien kurze Zeit später eine Oberärztin, die über meine Ankunft informiert war. Sie musterte mich mit einem intensiven Blick und meinte: «Sie bleiben wohl nicht lange bei uns, jedenfalls nicht in der kardiologischen Abteilung». Wahrscheinlich hatte ich einen zu aufgeweckten Eindruck auf sie gemacht. Doch dann kam es anders, als ich gedacht hatte: Ich musste in die Quarantäne. Alle Patienten, die aus dem Ausland eingeliefert werden, müssen in die Quarantäne. Sie könnten Antibiotika resistente Keime auf sich tragen. Nun verabschiedeten sich Schutz und Rettung von mir wie auch die beiden REGA-Ärzte. Ein Pfleger rollte mein Bett weg und parkierte mich in einem kleinen Zimmer. Dort zog er den Vorhang und liess mich allein zurück. War das die Quarantäne? Ich fragte mich, wie lange ich da wohl bleiben würde.

Vor dem Vorhang hörte ich plötzlich eine vertraute Stimme: Meine Schwester Erika sprach mit einer anderen Frau. «he, diese Stimme kenne ich. Komm doch rein!» rief ich meiner Schwester zu. Zusammen mit einer Pflegerin kam sie herein und musste sogleich einen violetten Schutzmantel anziehen. Eine jüngere Pflegerin erschien und mass meine Temperatur. Die Anzeige zeigte 34 Grad an. Erschrocken schaute sie mich an und griff nach meinen Händen. «nein, sie haben warm, das kann nicht sein» und setzte den Fiebermesser nochmals an. Diesmal waren es 34,5 Grad. «Ach wissen sie, der Fiebermesser ist wahrscheinlich defekt, wir lassen das». «Ich muss Ihnen eine Blutentnahme vorbereiten». Während sie an meinem rechten Arm versuchte, eine Blutentnahme vorzubereiten, kamen zwei jüngere Männer in zivil in die Quarantäne. Sie befragten mich über Lebensgewohnheiten, allfällige lebenserhaltende Massnahmen bei einem Notfall usw. Nach dem 3. erfolglosen Versuch, mir eine Blutentnahme zu installieren, brach die junge Pflegerin auch dieses Vorhaben ab mit den Worten: «es geht nicht, sollen die es oben versuchen».

Ich war froh, dass ich nicht allein war und meine Schwester bei mir war. Nach einer knappen Stunde erschien ein Pfleger, der mich in mein Zimmer bringen sollte. Wir rollten durch nicht enden wollende Gänge, benutzten Lifte und machten endlich im 9. Stock vor einem Zimmer Halt. Er durfte mich nicht ins Zimmer stossen, weil ich unter Quarantäne stand. Also blieb ich draussen im Gang und wartete zusammen mit meiner Schwester. Sie, in ihrem violetten, viel zu grossen Mantel. Eine Minute später erschien eine Pflegerin und sagte zu mir: «Sie können ins Zimmer reinlaufen, ich rolle den Infusionsständer hinter Ihnen nach». Woher wusste sie, dass ich überhaupt gehen konnte? Dachte ich mir. Ich stieg aus dem Bett und ging mit wackeligen Schritten ins Zimmer. Es war ein geräumiges Einzelzimmer und hatte sogar eine Terrasse! Der Fernseher hing an der Wand. WC und Dusche waren ebenfalls vorhanden. Ein perfektes Zimmer mit einer schönen Aussicht auf einen Teil von Zürich. Unterdessen war es 16 Uhr geworden. Meine Schwester verabschiedete sich von mir und machte sich wieder auf den Weg nach Hause, mit einer eineinhalbstündigen Zugfahrt.

Eine Pflegerin erschien und bemerkte, sie müsse von mir Abstriche erheben. Mit einem Wattestäbchen musste ich Abstriche machen im Mund, Nase, den Lenden sowie rektal. Die Auswertung sollte in vier Tagen fertig sein, also Montagmorgen.

Meine Zimmertür öffnete sich und eine Frau trat ein. Sie stellte sich vor und sagte, dass sie meine Essensbestellung für das Frühstück sowie die Essen vom morgigen Tag aufnehmen möchte. Ich bestellte mir für die kommenden Tage zum Frühstück jeweils ein Gipfeli mit Butter und Konfi, etwas Tilsiter Käse und 1 Joghurt. Dazu einen Kaffee. Aus den Hauptmahlzeiten durfte ich aus 3 verschiedenen Menus auswählen. Auf meine Frage, was es heute zum z`Nacht gäbe, hatte die Frau noch keine Antwort. Sie müsse schauen, was es noch habe.

Kurz danach hatte ich Besuch vom Professor und der diensthabenden Stationsärztin sowie der Pflegerin von vorhin. «Sie werden 90 Jahre alt», eröffnete er das Gespräch. Er erklärte mir, dass ich unter Quarantäne sei und das Zimmer nicht verlassen dürfe, ebenfalls sei die Terrasse tabu für mich. Ich sei relativ in guter Verfassung. Wer nach so einem schweren Herzinfarkt so schnell wieder auf die Beine komme, müsse vorher in einer guten Verfassung gewesen

sein. Mir ging durch den Kopf, dass ich vor dem Infarkt e-
her ein nasser Sack als körperlich fit war. Was er wohl damit
gemeint hatte? Weiter sagte er mir, dass ich sicher in eine
Reha-Klinik könne. Das Spital werde mit dem Sozialdienst
Kontakt aufnehmen, welcher dann auf mich zukommen
werde. Aber er möchte zuerst noch gerne die CD von Spanien ansehen, die er noch nicht habe. Wahrscheinlich dau-
ere mein Aufenthalt nicht sehr lange und könne voraussichtlich am nächsten Dienstag in die REHA. «Super», ging
es mir durch den Kopf. Ich wollte Bewegung, wieder unter
die Menschen und nicht mehr in dieser Spitalatmosphäre
leben.

Zum Abendessen servierten sie mir mein Lieblingsge-
richt, Zürigschnätzlets mit Rösti. Ein richtiger Aufsteller.
Der nächste Aufsteller war der Besuch von Sarah. Mit strah-
lendem Gesicht trat sie zu mir ins Zimmer. Sie habe die
ganze Zeit im Auto gesungen: «De Papi chunt hei, de Papi
chunt hei». Sie hatte Toilettenartikel und Wäsche bei sich,
Mineralwasser und etwas Lesestoff. Sie war glücklich, dass
ich wieder in der Schweiz war. Dann schaute sie mich ernst
an und fragte: «trägst du hier keine Kabel mehr, wirst du
nicht kontrolliert?». Tatsächlich, ich trug gar keine Elektroden mehr. Lediglich die Infusion steckte noch in meinem

Arm. Das machte mich jetzt auch etwas unsicher. Die letzten Wochen war ich immer unter Kontrolle gewesen, jeder verlorene Kontakt einer Elektrode löste einen akustischen Alarm aus, so dass jeweils das Pflegepersonal erschienen war.

Bald darauf verabschiedete sich Sarah. Sie musste noch Ana vom Flugplatz abholen. Ihr Flug von Barcelona würde gegen 21 Uhr ankommen.

Jetzt war ich allein in diesem Zimmer, kein Bettnachbar, keine intensive Überwachung von einer Zentrale, die mich immer beobachten konnte und auch keine Elektroden am Körper. Die Nachtpflegerin trat in mein Zimmer. Ich sprach sie darauf an. Sie sagte mir, dass sie jede halbe Stunde nach mir schauen würde.

Bereits am nächsten Tag (Freitag) erhielt ich ein Telefon vom Sozialdienst. Sie fragten mich, an welchem Ort ich in die REHA wolle. «das geht ja schnell», ging es mir durch den Kopf. «so lange werde ich wohl nicht da sein». Ich entschied mich für Gäis, das mir bekannt war vom Hörensagen und ich bis anhin weder Gutes noch Schlechtes gehört hatte. Ausschlaggebend für meinen Entscheid war, dass sich Gäis in der näheren Umgebung von unserem Wohnort befand.

Am Abend durfte ich mich zum ersten Mal nach vier Wochen duschen. Obwohl ich noch etwas wacklige Beine hatte, genoss ich die warmen Wasserstrahlen sehr.

Der Sonntagmorgen verlief nicht nach dem gleichen Schema wie die Tage vorher. Ich musste erst nach dem Frühstück auf die Waage. Die Tage vorher geschah das vor dem Frühstück. Dies hatte die Auswirkung, dass ich ein Kilo schwerer war. Bei der kommenden Arztvisite reklamierte das der Professor. Er hörte meine Lunge ab und stellt fest, dass sich etwas Wasser angesammelt habe. Mit erhobenem Zeigefinger sagte er: «ich verordne 1 Tablette xx» (den Namen weiss ich nicht mehr). Sofort verschwand die Pflegerin und erschien mit der Tablette. Nachdem der Professor verschwunden war, entschuldigte sie sich bei mir für den verkehrten Tagesablauf. Am Mittag war mein Zimmer belegt mit Besuch. Meine Mutter war da, Ana, Sarah mit Cédric und Erika und Daniel. Alle hatten sie wegen der Quarantäne diese violetten Mäntel anziehen müssen. Sie litten sichtlich unter der Hitze, während ich mich in leichter Kleidung im Zimmer bewegen konnte.

Am Montag hatte ich Besuch von einem Kardiologen (ich war ja noch unter Quarantäne, die Ärzte kamen zu mir). Er hörte mein Herz ab und schätzte die Leistung auf 45%.

74

Er machte gegen 90 Fotos von meinem Herzen, um sie dem Chefarzt zu zeigen. Dieser erschien nach einer halben Stunde ebenfalls in meinem Zimmer, aber von den gemachten Fotos zeigte er kein Interesse. Er nahm selbst den Ultraschallleser in die Hand und untersuchte mein Herz. Auch er bestätigte die Leistung von 45%. In Barcelona war die Leistung anfänglich nur noch 15% gewesen.

Gegen Abend erschien wieder die Arztvisite. Der Professor vermisste immer noch die CD von Spanien und meinte, so könne ich nicht in die REHA und vertröstete mich auf den kommenden Donnerstag. Die Untersuchung meiner Abstriche hatten unterdessen ergeben, dass keine resistenten Antibiotika festgestellt werden konnten und die Quarantäne somit aufgehoben wurde.

Marco, einer meiner besten Kollegen besuchte mich zweimal in Zürich. Er war sichtlich froh, dass ich wieder in der Schweiz war. Ebenso erging es meinem Chef, der bereits in den ersten Tagen nach meiner Ankunft einen Besuch bei mir wagte. Es folgten weitere Besuche, die mich alle erfreuten, insbesondere auch der Besuch des Papas von Cédric. Wir hatten uns erst vor kurzem kennengelernt.

Am kommenden Mittwoch betrat eine junge Frau mein Zimmer und stellte sich als Physiotherapeutin vor. Sie fragte mich, ob ich bereit sei, mit ihr ein paar Übungen zu machen. Natürlich war ich bereit! Wir bewegten uns vom Zimmer hinaus auf den Gang. Dort stülpte sie mir einen Pulsmesser über den rechten Mittelfinger und drückte mir das Messgerät in die Hand. Ich durfte zusammen mit ihr den Gang rauf und runter laufen. Das ging ganz gut, obwohl ich noch etwas unsicher unterwegs war. Danach musste ich 2 Treppen rauf und wieder runter gehen. Mein Puls war für meine Umstände wohl normal. Auf alle Fälle verabschiedete sie sich und sagte: «ich komme nicht mehr. Wer den Gang rauf und runter gehen kann sowie die Treppe meistert, ist bereit für die REHA. Wir haben zu wenig Zeit für so viele Patienten, wir können uns nicht weiter um sie kümmern».

Es folgte wiederum die Arztvisite. Die CD war immer noch nicht eingetroffen. Der Professor sagte zu mir: «ich kann sie nicht durch halb Europa fliegen lassen und ohne Sichtung der Bilder in die REHA schicken. Das wäre, wie wenn man einen A 380 in ein starkes Gewitter fliegen lassen würde, ohne zu wissen, wie das rauskommt. Wir verschieben die Entlassung auf nächsten Dienstag. Das ist ja schliesslich nur ein kleines Paket von Spanien nach der

Schweiz. Das sollte doch schon längst eingetroffen sein. Wir schreiben ja 2018».

Das Pflegepersonal war sehr nett und kompetent. Auch hier erhielt ich die abendliche Spritze gegen Thrombose. Und an diesem Ort wurde ich auch über deren Handhabung aufgeklärt. Der Einstich der Spritze gehöre in den Oberschenkel und nicht in die Bauchdecke. In der Bauchdecke könnte sie eine Arterie oder eine Vene treffen und Hämatome oder Abszesse hervorrufen. Unter anderem war auch ein Pfleger aus Deutschland anwesend, der mich betreute. Er liebte soziale Phasen und war stets zu einem Schwatz aufgelegt. An diesem Abend gab er mir die Spritze, dabei verspürte ich kaum einen Schmerz. Dies sagte ich ihm mit dem Hinweis, dass es gestern Abend einiges mehr geschmerzt hätte. Er meinte dazu: «Gestern Abend sind Sie auch dagelegen wie ein Zinnsoldat, da muss es einfach weh tun». Er war es auch, der mir sagte: «Sie haben Frauenbeine». Tatsächlich waren meine Beine ziemlich dünn geworden. Die letzten fünf Wochen waren sie kaum mehr gebraucht worden, die Muskeln hatten sich zurückgebildet.

Am Montag war die CD eingetroffen. Am Mittag meinte der Stationsarzt zu mir, dass ich am nächsten Tag in die

REHA gehen könne. Am Nachmittag erschien der Professor. Leider waren die Bilder auf der CD für ihn nicht sehr aussagekräftig. Der Professor sprach nicht mehr von Morgen für die Entlassung, sondern vom kommenden Donnerstag. Er wolle aber vorerst noch einen Herzschock machen lassen sowie ein Herzkatheder. Der Schock war für Dienstag vorgesehen, der Katheder für Mittwoch. Der Stationsarzt sprach kein Wort während der Visite.

Die strenge Hierarchie war mir im Universitätsspital aufgefallen. Die Patientenbesuche erfolgten so, wie ich sie noch aus meiner Kindheit in Erinnerung habe. Draussen vor dem Zimmer informierte der Stationsarzt oder -ärztin den Professor über den Gesundheitszustand des zu besuchenden Patienten. Begleitet wurden sie durch einen Stationspfleger oder eine Stationspflegerin. Im Zimmer erfolgte, in meinem Fall, ein Smalltalk und nach 5 Minuten verschwand der ganze Tross wieder. In der Rechnung an die Krankenkasse wurden diese Besuche mit Fr. 300.— ausgewiesen.

Für den Herzschock wurde ich in ein Behandlungszimmer gebracht. Dort untersuchte eine Kardiologin mein Herz und meinte, das sei wunderschön «repariert worden». Die Leistung wurde auf rund 45% beziffert. Ihr Vorgesetzter entschied, dass er so keinen Schock vornehme, dieser sei unnötig. Sie brachten mich wieder zurück ins Zimmer.

Auf der Arztvisite versprach der Professor, dass ich in der «Notfallschlaufe» sei, d.h. am nächsten Morgen um 08.00 Uhr zum Kathederuntersuch komme, falls kein Notfall vorhanden sei. Meine Pflegerin sagte mir später, dass ich auf dem Tagesplan um 15.00 Uhr vorgesehen sei.

Sie holten mich um 15.30 Uhr ab und parkierten mich in einem Vorzimmer vom Herzkatheder-Untersuchungsraum. Ich war nervös. Für diesen Untersuch wird in einer Arterie eine Sonde eingeführt (entweder am Handgelenk oder an der Leiste), damit man allfällige Kalkablagerungen in den Blutgefässen sehen kann. Das Ganze ist schmerzfrei und geschieht ohne Narkose. Ich war an der Reihe und wurde in das Zimmer gerollt. Dort fiel mir sofort eine Pflegerin auf, die eine gute Laune ausstrahlte und zu Spässen aufgelegt war. Das nervte mich jetzt ziemlich! Wie konnte diese Person so gut gelaunt sein, wenn es mir gar nicht ums Lachen war! Ich sagte zu ihr, dass ich Angst hätte und gerne etwas zur Beruhigung nehmen würde. Auch das bewegte sie zu einem Lächeln, holte eine kleine Spritze hervor und spritzte mir im Venenzugang eine farblose Flüssigkeit in den Arm. Es dauerte nicht lange und plötzlich fand ich die

Pflegerin lustig und sympathisch. Ein Pfleger rasierte mich am Bein und Arm. Der Doktor entschied sich dann für die Arterie am Arm und machte seine Arbeit. Ich befand das alles nicht als tragisch und spürte von alldem praktisch nichts. Kurze Zeit später wurde ich wieder in mein Zimmer zurückgebracht.

Anstelle der ursprünglich vorgesehenen drei bis vier Tage Aufenthalt im Unispital Zürich waren es wegen der fehlenden CD 14 Tage Spitalaufenthalt geworden. Zu diesem Zeitpunkt tauschten sich die Schweiz und Spanien die Daten noch nicht elektronisch aus.

Am nächsten Morgen holte mich Ana ab. Sie fuhr mit mir in die REHA-Klinik nach Gäis. Um 11 Uhr sollten wir dort sein. Wir mussten auf direktem Weg von Spital zur Klinik fahren, einen «Umweg» über das Zuhause wurde von der Krankenkasse nicht toleriert. So sagte man uns das jedenfalls im Spital.

Gegen 11.30 Uhr kamen wir in Gäis an. Kurz vor der Klinik kreuzten wir eine Gruppe von Wanderern, wohl Patienten aus der Klinik. Soweit ich beobachten konnte, handelte es sich um vorwiegend ältere Personen, die in einem gemächlichen Tempo in Richtung der Klinik schlenderten. Hier also sollte ich in den kommenden drei Wochen wohl das Gleiche mitmachen.

Am Empfang wurden wir freundlich begrüsst. Nach den formellen Erledigungen wurden wir sogleich zu meinem Zimmer geführt. Es handelte sich um ein Doppelzimmer zur Alleinbenutzung. WC und Dusche waren getrennt. Zusätzlich zum Einzelbett war noch ein Wandklappbett vorhanden. Wenn mich Ana an den Wochenenden besuchen kam, konnte sie bei mir im Zimmer schlafen. Vorhanden war auch ein Fernseher, ein kleines Schreibpult sowie ein Massagesessel. Die Aussicht war herrlich auf den Alpstein mit dem Säntis. In unmittelbarer Nähe befand sich auch ein Bauernhof. Die Kühe weideten draussen auf den saftigen Wiesen, sowohl tagsüber als auch nachts. Ihre bimmelten Glocken unterstrichen die ländliche Atmosphäre.

Wir nahmen noch gemeinsam das Mittagessen ein, dann fuhr Ana wieder nach Hause. Danach beschäftigte ich mich mit den Hausregeln:

Der Therapieplan für den kommenden Tag lag jeweils am 18 Uhr in meinem Postfach an der Reception bereit. Für den heutigen Nachmittag war lediglich eine Eintrittsuntersuchung von 14 – 15 Uhr vorgesehen. Danach hatte ich Zeit zur freien Verfügung.

Die Mahlzeiten wurden in einem grossen Ess-Saal eingenommen. Ein Wochenplan zeigte, welche Mahlzeiten angeboten wurden. Jeweils beim Frühstück wurde man befragt, welches Menu man am heutigen Tag wünschte.

Frühstück gab es ab sieben Uhr in Form eines Buffets, wo sich jedermann selbst bedienen konnte. Zum Mittagessen wurde das gewünschte Menu serviert, vorgängig konnte man sich aber noch an einem Salatbuffet bedienen. Für den Kaffee danach stand im Aufenthaltsraum eine Kaffeemaschine zur Verfügung. Das Nachtessen war wahlweise kalt (Käse, Aufschnitt, Jogurt) oder warm nach Wochenplan, ab 18 Uhr.

Zum Essen wurde mir ein nummerierter Tisch und Sitzplatz zugeteilt. Mein Platz war an einem 4er Tisch am Fenster, wie ich später beim Nachtessen feststellen konnte. Ich war guter Laune, weil ich endlich die Spitalatmosphäre verlassen hatte und ich mich unbeschwert in der Klinik bewegen konnte. Gegen 18 Uhr machte ich mich auf den Weg zu meinem Postfach, um den Tagesplan für den kommenden Tag abzuholen. Dieser sah folgendermassen aus:

08.00 – 08.15	Blutabnahme
08.25 – 08.30	Blutdruckkontrolle
09.00 – 09.15	Visite leitende Ärztin
11.00 – 11.30	Belastungs-EKG
13.00 – 14.00	Informationen zum Aufenthalt
16.00 – 17.00	Einführung Ergometer Training

Wie ich dem Plan entnehmen konnte, war ich in der Gruppe 5 eingeteilt. So wie ich später mitbekommen habe, ging die Gruppe 5 nicht nach draussen, im Gegensatz zu den Gruppen 4 und 3. Gruppe 4 hatte wöchentlich 2 Spaziergänge zu je 4 km, bei Gruppe 3 kam noch eine zusätzliche Wanderung von 10 km dazu.

Danach machte ich mich auf den Weg zum Ess-Saal. Mir gegenüber sass ein pensionierter Lehrer, der eine Bypass-Operation hinter sich hatte. Er konnte bereits am kommenden Mittwoch die Klinik verlassen, da seine REHA gut verlaufen war und er sich von der Operation soweit gut erholt hatte. Mit ihm tauschte ich mich über unsere erlebten Krankheitstage aus, wobei ich den Eindruck gewann, dass meine Geschichte mein Gegenüber nicht so interessierte, sondern eher seine eigenen Erlebnisse im Vordergrund standen. Eine Feststellung, die sich in den kommenden Tagen mit anderen Patienten bestätigen sollte. Das eigene Mitteilungsbedürfnis war in der Regel grösser als das Interesse, den Erzählungen des Gegenübers zuzuhören.

Bereits eine halbe Stunde später entschied ich mich, wieder ins Zimmer zurückzukehren. Ich duschte, setzte mich aufs Bett und schaute Fernsehen. Ich war sehr müde von der Anreise. So viel war ich seit meinem Aufwachen in Barcelona an einem Tag nie mehr gelaufen. Allerdings hatte ich auch ein komisches Gefühl. Jetzt lag ich da allein in einem Zimmer, unbewacht, niemand schaute nach mir. Die Rollladen liess ich nicht herunter, als ich das Licht löschte. So hatte ich immerhin noch etwas Dämmerlicht im Zimmer. Den Fernseher liess ich laufen, aber ohne Ton. Beim Versuch, den Schlaf zu finden, gingen mir immer wieder die Bilder von Spanien durch den Kopf: mein Ringen nach Atem in Mataro, die Träume im Koma, meine Wahnvorstellungen aber auch die gute Behandlung in Spanien, die vielen wertvollen Erfahrungen, die ich dort gemacht hatte.

Den Schlaf fand ich erst nach Mitternacht, als die Kuhglocken draussen längst verstummt waren.

Dementsprechend war ich am kommenden Morgen nicht sehr ausgeruht. Ich begab mich zur Blutabnahme und Blutdruckkontrolle. Um 9 Uhr hatte ich Arztvisite. Es empfing mich eine junge Ärztin in hochdeutscher Sprache. Von ihr verspürte ich sehr viel Empathie. Ich stellte fest, dass sie meine Krankengeschichte gelesen hatte. Sie zeigte sich beeindruckt von alldem, was mir geschehen war. Ich schilderte ihr auch meine Schlafschwierigkeiten. Daraufhin entschloss sie sich, mir für die Nachtruhe ein Beruhigungsmittel zu verschreiben.

Zwei Stunden später musste ich mich zum Belastungs-EKG begeben. Ich nahm mir vor, eine gute Leistung zu zeigen und nicht zu schwächeln. Zuerst wurde ein Ruhe-EKG gemacht. Danach wurde ich «verkabelt» und ich durfte mich auf das Ergometer setzen und in die Pedale treten. Der Widerstand der Pedale wurde in regelmässigen Zeitabständen erhöht. Meine Oberschenkel übersäuerten sich jedoch schon bald und ich musste aufgeben. Aber die leitende Ärztin war zufrieden mit dem Resultat, ich sei um eine Stufe höher gekommen als der Durchschnitt in meinem Alter, meinte sie.

Das Mittagessen schmeckte mir. Frischer Salat vom Buffet und anschliessend Poulet mit Reis. Schon bald folgte der nächste Termin: die Informationen zum Aufenthalt und im Anschluss eine Führung durch die Räumlichkeiten der Klinik. Gezeigt wurden uns Neuankömmlingen, ca. 15 an der Zahl, die diversen Therapieräume wie Ergometer, Kraftraum, Silentium, das Stationszimmer (dort erfolgte die Medikamentenausgabe, die Blutdruckkontrolle, die Blutentnahme, Gewichtskontrolle usw.), der Vortragsraum, die Therapiehalle, das Schwimmbad und daneben die Physiotherapie, aber auch das Bistro und der Coiffeur. Wenn man einigermassen aufmerksam zuhörte, konnte man sich die Örtlichkeiten gut merken.

Um 16 Uhr war die Einführung des Ergometer-Trainings vorgesehen. Ich stürzte mich in Turnkleidung und Turnschuhe und begab mich zum Raum B116, dem Ergometer-Raum. Darin befanden sich 10 – 15 Ergometer (fest fixierte Fahrräder) in einem Halbkreis um ein «Regiepult». Hinter dem Pult befand sich die Leiterin der Lektion. Sie teilte die Ergometer den Patientinnen und Patienten zu. Danach wurden wir «verkabelt». 3 Sensoren auf der Brust sowie eine Blutdruckmanschette am linken Oberarm. Unsere

Aufgabe war es, uns mit dem Velofahren während 5 Minuten aufzuwärmen, 20 Minuten zu pedalen und wiederum 5 Minuten ausklingen zu lassen. Ich hatte ein grosses Fragezeichen im Kopf, ob ich das schaffen würde. Meine Beine waren vom ganzen Tag schon müde. Eine halbe Stunde am Stück waren sie schon einige Wochen nicht mehr im Einsatz gewesen. Nun gut, ich setzte mich auf das Ergometer und begann, in die Pedale zu treten. Nach 5 Minuten sagte mein Geist, dass ich wohl besser aufhören sollte. Die Beine waren schwer und müde. Aber ich trampelte weiter. Nach 15 Minuten schien ich den inneren Sauhund überwunden zu haben. Ich trampelte jetzt bewusster und wusste, dass ich die Halbzeit bereits geschafft hatte. Nach langen 25 Minuten durften wir es ausklingen lassen, der Widerstand auf dem Ergometer war nicht mehr gross und zum Schluss gänzlich weg. Anschliessend mussten wir schätzen, wie wir die Anstrengung empfunden hatten. Von einer Skala von 1 – 10. Ich tippte auf eine 5, die restlichen Patienten waren mit einer 3 – 4 unterwegs gewesen. Danach durften wir gehen. Ich war mit wackligen Beinen unterwegs. Dem angebrachten Hinweiszettel neben der Lift Türe, *wenn möglich die Treppe benutzen», schenkte ich keine Beachtung und verachtete ihn, auch für die kommenden Tage.

Vor dem Nachtessen holte ich mir den Therapieplan für das Wochenende und den kommenden Montag. Ich war bereits in die Gruppe 4 befördert worden. Wohl aufgrund der Leistung im Leistungs-EKG. Für Samstag war um 11.15 Uhr eine Lektion Gymnastik vorgesehen, danach nur noch freiwillige Aktivitäten ohne Führung. Am Montag stachen mir 2 Termine ins Auge:

14.00 – 14.15 eine Begrüssung in meinem Zimmer

16.00 – 17.00 ein muskuläres Aufbautraining.

Auch heute begab ich mich nach dem Abendessen schnell in mein Zimmer. Duschen, Fernseher einschalten, Pyjama anziehen und im Bett in den TV glotzen. Gegen 22 Uhr dunkelte es ein, die Kuhglocken verstummten. Ich lag bereits seit 21 Uhr im Bett, ohne Licht, der Fernseher lief, ohne Ton. Ich lag da, den eigenen Fernseher im Kopf: der Notfall in Spanien, das Spital in Spanien, all das Geschehene ging mir immer wieder durch den Kopf. Wenn ich schlief, nützte das Beruhigungsmittel. Der Schlaf war tiefer, ruhiger. Aber einschlafen konnte ich dennoch nicht früher.

Am Wochenende besuchten mich Ana und Sarah. Sie brachten mir saubere Wäsche mit und diverse Süssigkeiten. Ausserdem überreichte mir Sarah einen Brief, den sie in Barcelona am Montag nach meinem Infarkt im Spital an mich geschrieben hatte. Er war mit Kugelschreiber auf 3 Blättern Tela-Papier geschrieben. Ich bewahrte ihn mir für später auf, wo ich ihn dann in Ruhe lesen wollte.

An diesem Wochenende war ich ein schlechter Gastgeber. Nach dem Mittagessen hatte ich das Bedürfnis, mich ins Bett zu legen, wenigstens für 1 Stunde. Dort döste ich vor mich hin, ohne richtig einzuschlafen. Aber es tat mir gut. Im Anschluss gingen wir nach draussen, um einen kleinen Spaziergang zu machen. So richtig sicher war mein Gang nicht. Ich war froh, wenn wieder ein «Bänkli» in Sicht war, um mich etwas auszuruhen. Schon bald kehrten wir in die Klinik zurück. Nach dem Nachtessen verbrachten wir noch einige Zeit auf der Terrasse des Bistros und genossen den schönen Sommerabend.

Am Sonntagmorgen konnten wir uns beim Frühstücksbuffet unter anderem auch mit feinen Gipfeli bedienen. Vor dem Infarkt hatte ich nie Frühstück genommen. 1 Espresso reichte mir am Morgen. Jetzt langte ich tüchtig zu mit Gipfeli, Konfitüre und Butter sowie mit Käse und 3 Kaffee.

Am frühen Abend verabschiedeten sich Ana und Sarah. Jetzt wollte ich in aller Ruhe den Brief von Sarah lesen:

Liebe Paps

Am 13.05.2018 hani dir per Whatsup gschriebe, dass i dir viel Spass am Formel 1 Renne wünsche. Kurz deno schriebsch, dass is Spital möchtisch. Mich het grad Panik ergriffe und han der aglüte. Dini Stimm isch schwach aber klar gsi, du hesch gmeint, ich söll de Mami säge, dass de Jordi dich is Spital fahre söll, will so Schmerze i de Lunge gha hesch. D'Mami het in dem Augeblick grad dir und nachher im Hotel aglüte, damits en Krankewagen alüte söllet, wills dringend seig!

Ca. am 10i am Morge hetme dich mitem Krankewage ist Spital bracht. In Mataro hends dir nid chöne helfe, will din Zustand so schlecht gsi isch. Sie händ denn es Risiko gwagt, dich is Spital Can Ruti in Barcelona zbringe. Das isch de Entscheid gsi, wo dir sicher emal es Lebe grettet het. In Can Ruti hänrds di sofort operiert und das mit Erfolg. Sie händ üs gseit, dass wegem Rauche dini Lunge so schlecht zwög gsi isch. Anschinend het sit Monate nur ei Arterie am Herz funktioniert. Die andere sind so verstopft gsi, dassme da nid het chöne behebe. Its simer wieder am Anfang gsi, will d'Ärzt gseit hend, sie chönd dich nur dur d'Maschine lebendig bhalte. Am 13. und 14.05.2018 heimer um dies Lebe blanget. Es isch unerträglich gsi, dich so s'gseh und kei Gwüssheit z'ha.

Am 15.05. händs üs gseit, dass dini Niere wieder agfange händ schaffe und du fini Azeiche gäh hesch, dass sogar dini Hirnmessige besser siget. Über jede Chlinigkeit hani mi riesig gfreut und hami adem festghalte. Dini Körperwärmi isch i dene Täg au besser gsi.

Hüt, am 16.05. hends am Morge beschlosse, dich is Spital Bellvitge zbringe,will das di einzig Chance isch zum dich z'behandle. D'Überfuhr segi sehr schwierig, aber machbar. Mir händ dem müesse zustimme, will mer eifach kei Wahl me gha hend. Die Fahrt dört here isch erfolgrich gsi und ohne Beschwerde. I dem Spital bisch bide Creme de la Creme. Da hesch jetzt es Einzelzimmer mit top moderni Grät. Hüt isch de ersti Tag, wos mir besser gaht, ich gseh mal chli Lieächt und bi postitiv igstellt.

Was i no säge muess isch: Die Ärzt in Can Ruti sind hervorragend gsi und hend dich wölle genese mit aller Kraft, was gäh hend. Frau Pilar isch dini Ärztin gsi, sie het alles geh, wo si het chönne. Mir hend Ihre privati Nummere sogar üercho. In dere Ziit, wot uf de Intensivstation gsi bisch, hend dich so viel Lüt bsuecht. Folgende Lüt sind cho: Jordi, Pepi, Jordi jun, Mireia, Toni, Jaume, Meite, Erika, Daniel, Hansruedi, Ester, Sarah, Denny und es Mami. Morn wüssemer meh, wies dir über d'Nacht ergange isch. Me red sogar schon von Herzplantation! Mir sind dich jede Tag go bsueche und du hesch jed Tag chlini Fortschritt gmacht.

Ich bi mir sicher, dass du das alles überstahsch und bald wieder gsund bisch.

Jetzt wüsse mer au, weso du so öft müed gsi bisch, dass isch gsi, will du eifach nur no mit einere Arterie glebt hesch. Ich bin hüt mittlerwile sicher, dass du wahrschindli gahnt hesch, dass es dir nümme so guet gange isch.

Und was i mi au frag, wieso bisch no uf Barcelona gange, obwohls dir nümme wohl gsi isch? Leider isches nun sowit gsi, de Tag X wär eifach ame andere Tag itroffe. Nach dem, was ig alles gseh han, wies dir glueget hend, isches wahrschinli besser gsi, dass es grad da passiert isch. Ich weiss nid, obs dir in der Schwiz au so guet glueget hättet. Hie bisch immer de Senor Rols gsi. Super härzig.

Ich wünsch mir vo ganzem Herze, dass du wieder gsund wirsch! Chlini Schritt, aber jede Schritt isch en grosse für mich.

Ich lieb Dich!

Sarah

Ich sass im Massagesessel, hielt den Brief in meinen Händen und liess den stillen Tränen freien Lauf.

Meine erste Woche in der Reha begann. Am Morgen Blutdruckkontrolle, um 11 Uhr eine Lektion Atemgymnastik. Für diese Lektion konnte ich mich nicht begeistern. Ich bemerkte nun mal nicht, wie die Arme oder Beine leichter wurden, je nachdem, wie ich ein- und ausatmete.

Dann war um 14 Uhr eine «Begrüssung» in meinem Zimmer vorgesehen. Da war ich nun gespannt, wer erscheinen sollte. Es klopfte an die Zimmertür und eine Frau trat herein. Sie stellte sich mit ihrem Namen vor und ihrem Beruf: Psychologin. Sie besuche alle Patienten, die eine Reanimation hinter sich hätten. Sie erkundigte sich nach meinem Befinden und ob ich Hilfe brauche für die Verarbeitung der Geschehnisse. Ich sagte ihr, dass ich erst jetzt wieder bemerkt hätte, wie lieb mich meine Familie wirklich hat. Ein zufriedenes Grinsen legte sich in ihr Gesicht. Wir plauderten einige Worthülsen hin und her, aber ich wurde nicht warm mit ihr. «Wie willst du menschliches Wesen mir helfen, wenn du noch nie in dieser Situation gewesen bist», dieser Gedanke ging mir durch den Kopf. Nach einer Viertelstunde meinte sie, dass sie nächste Woche Ferien hätte, aber in der letzten Woche meiner Anwesenheit gerne nochmals mit mir sprechen möchte. Wir verabschiedeten uns ohne Abmachungen.

2 Stunden später war eine neue Lektion angesagt: Muskuläres Aufbautraining. Ich begab mich in Turnkleidung und Turnschuhen in der Raum 011, den Kraftraum. Ca.

zehn weitere Patienten waren anwesend. Ich hatte noch nie Krafttraining betrieben. Ich konnte mich bis anhin geistig nicht damit anfreunden, in einem geschlossenen Raum Krafttraining zu machen, geschweige ein Fitnesscenter zu besuchen. Der Leiter verteilte uns allen ein Leistungsblatt, wo wir je Gerät die Einstellungen notieren konnten (Sitzstellung, eingesetztes Gewicht und Anzahl Übungen). Er zeigte uns, wie wir die Geräte einstellen konnten und liess uns dann selbst machen. Eigentlich fand ich das jetzt recht cool und probierte alle Geräte aus, aber mit wenig Gewicht. Nach einer Stunde hatte ich richtig Spass daran und freute mich schon auf das nächste Mal, wo ich an einzelnen Geräten mehr Gewicht ausprobieren würde.

Mein Therapieplan für den kommenden Dienstag hatte wieder neue Elemente:

07.45-08.15	Morgenturnen
10.15-11.00	progressive Muskelrelaxation
13.45-14.45	ausgedehnter Spaziergang
15.00-15.25	Untersuchung Eckokardiogtrafie
17.15-18.15	Vortrag «Bewegung - die Medizin des 21. Jahrhunderts»
19.30-20.30	offener Singabend

Das Morgenturnen liess ich ausfallen. So konnte ich länger schlafen. Den Vortrag konnte ich auch nicht besuchen. Jogi hatte sich gegen 17 Uhr für einen Besuch angemeldet. Und auf den offenen Singabend würde ich auch verzichten.

Die progressive Muskelrelaxation war für mich keine Wunschlektion. Ich machte mit, aber auch hier konnte ich keine Entspannung bewusster Muskelgruppen oder des ganzen Körpers verspüren. Wahrscheinlich war es auch meine Einstellung, die zu keinem gewünschten Erfolgserlebnis führte.

Ich freute mich auf den Spaziergang an Nachmittag, Eine Stunde sollte er dauern bei schönstem Wetter. Wir waren eine Gruppe von etwa zwanzig Patienten. Zwei Betreuer begleiteten uns. Das Tempo war gemächlich. Zuerst ging es geradeaus, dann etwas bergab. Es sollten 4 km sein. Als es auf dem Rückweg begann, bergauf zu gehen, vermerkte ich starke Schmerzen im linken Wadenbein. Ich musste eine Pause einlegen, nach einer Minute Ruhepause war der Schmerz verschwunden, um dann nach weiteren 300 m erneut wieder zu kommen. «Etwas auf die Zähne beissen, das Gelände wird ja wieder flacher», ging es mir durch den Kopf. Wir erreichten die Klinik nach einer guten Stunde Wanderung, den letzten Teil der Strecke verspürte ich immer meine linke Wade mit einem Schmerz. Doch auch jetzt, nach einer kurzen Ruhepause, war er wieder verschwunden.

Eine Viertelstunde später musste ich in die Echokardiografie. Ein Kardiologe untersuchte meine Herztätigkeit und bestätigte den Wert des Unispitals Zürich, 45% Leistung. Darüber war ich froh, in Barcelona lag er ja anfänglich bei 15%.

Um 17 Uhr traf Jogi ein. Sein Besuch tat mir gut. Hauptthema war natürlich das Wochenende in Barcelona sowie die erschreckten Reaktionen im Büro. Für mich war das wie Therapie, ich konnte ihm mitteilen, was ich alles durchgemacht hatte und konnte erfahren, wie er alles erlebt hatte. Rückwirkend waren für mich alle Besuche wie eine Therapie, die Freunde hörten mir zu, zeigten aber auch ihre Gefühle von damals wie auch von heute. Unter anderen kamen Hansruedi, Peter und Karl.

Beim Abendessen verabschiedete ich mich von meinem Tischnachbar, der am nächsten Tag nach Hause gehen durfte.

Am nächsten Morgen erhielt ich ein Langzeit-EKG-Gerät, das ich um den Hals legen musste. Für einen ganzen Tag und eine Nacht musste ich es tragen. Danach folgte wieder eine Stunde Ergometer-Training. Auch dieses begann mir zu gefallen. Die Leiterin stellte mir ein Intervall ein, 2 Minuten bergauf und 3 Minuten flaches Gelände. Ich musste hart an dieser halben Stunde arbeiten, aber am Ende der Lektion war ich stolz darauf, was ich geleistet hatte.

Den Vortrag «Diagnostik von Erkrankungen am Herzen» liess ich ausfallen, wie auch alle kommenden Vorträge wie «gesunde Ernährung» oder «Behandlung von Herzerkrankungen». Ich hatte einfach noch genug an meiner Vergangenheit zu verarbeiten, als mich neuen Themen zu stellen. Zudem war ich am Abend auch müde und wenig motiviert, einen Vortrag anzuhören.

Beim Abendessen sass ich allein an meinem Tisch. Aber vis – vis lag ein neues Namenskärtchen, wie ich neugierig festgestellt hatte. Ich hatte mir gerade einen Salat geholt, als «Er» kam: Jung, schlaksig, in einem weissen T-Shirt und Jeans. Er suchte seinen Sitzplatz und fand ihn bei mir. Er setzte sich hin, nachdem er mir seine Hand zur Begrüssung hingestreckt hatte und stellte sich vor: Max, aus Zürich. Die Ambulanz fand ihn auf der Strasse liegend, mit einem Aorta Riss. Das Unispital hatte ihn wieder auf die Beine gestellt, aber jetzt musste er sich ausruhen können. Im Spital liessen sie ihn nicht genügend schlafen, meinte er. Er hatte sich auch einen Teller Salat geholt. Der Teller war etwas überhäuft, vor allem mit Randen. Max tropfte aus dem Mund, während er ass. Der Randen Saft lief ihm von den Mundwinkeln herunter, dabei erzählte er immer weiter. Dass seine Mutter verstorben sei und er somit selbst mit Kochen angefangen hatte. Dass er sich dabei den Magen verdorben habe (rülps), und dass der Salat hier so gut schmecke (tropf). Ich stand auf und holte mir vom Buffet eine Scheibe Braten mit Kartoffeln. Max tat es mir gleich. Mit der Gabel stach er in das Bratenstück und führte es so aufgespiesst zum Mund und biss herzhaft hinein. So isst es sich gut, wenn es schmeckt (rülps). Aber dann schien er doch etwas zu schnell und zu viel gegessen zu haben und fasste sich mit der Hand an den Bauch. Er sei jetzt voll, meinte er. Ich versuchte ihn zu überzeugen, dass man am ersten Tag sehr müde sei und früh ins Bett gehen sollte. Max leuchtete das ein und verabschiedete sich schnell. Auch ich hatte ein flaues Gefühl im Magen und konnte mir nicht vorstellen, ihn noch gute zwei Wochen als Tischnachbar zu haben. Auf meine Anfrage beim zuständigen Servicechef durfte ich meinen Esstisch in die hintere Hälfte des Ess-Saals verschieben. Max sah ich noch einige Male im Lift oder in den Gängen, aber er erkannte mich nicht wieder.

Für die nächste Woche wurde ich in die Gruppe 3 beförddert. Die Auswertung des Langzeit-EKG hatten nichts Negatives ergeben. Ich erhielt wieder Besuch von Ana und Sarah. Ebenfalls reiste Denny aus dem Tessin an mit Magali und unserem Enkel Albert. Sie übernachteten im Hotel in der nahen Umgebung. Es war ein schönes Wochenende. Ich schob den Kinderwagen ganze 4 km lang. Die Wadenschmerzen waren nicht so stark, weil ich mich am Wagen aufstützen konnte.

Die Abende pendelten sich ein, früh ins Pyjama, dann ins Bett und vor die Glotze, ab 21 Uhr der Versuch, einzuschlafen mit laufendem Fernseher und bimmelten Kuhglocken, die 1 Stunde später verstummten. In meinem Kopf lief der gewohnte Film ab, der Schlaf erreichte mich viel später.

Die kommenden Tage vergingen relativ schnell. Ich hatte Spass am Ergometer-Training und am muskulären Aufbautraining. Bei den Spaziergängen waren die Wadenschmerzen mein steter Begleiter, wenn es auch nur ein bisschen bergauf ging. Bei einer Arztvisite darauf angesprochen, verordnete mir ein Arzt Schmerztabletten.

Ebenfalls hinzu gekommen waren Lektionen im Nordic Walking. Auch diese Sportart, in der Vergangenheit von mir belächelt, fand jetzt bei mir Zustimmung. Später, wieder zu Hause, habe ich mir Walking-Stöcke schenken lassen.

Ich fühlte mich recht gut nach diesen drei Wochen Aufenthalt in der Reha. Das Belastungs-EKG am Schlusstag war gut ausgefallen. Die Blutwerte stimmten. Ich hatte das Gefühl, dass ich in recht guter körperlicher Verfassung war. Die Lektion progressive Muskelrelaxation liess ich am Schlusstag ausfallen, resp. ich schwänzelte und liess mir einen Termin beim Coiffeur geben.

Zwei Termine waren noch offen: das psychologische Gespräch sowie das Austrittsgespräch. Für das erstere waren 50 Minuten vorgesehen. Die Psychologin fragte mich, wie es mit dem Rauchen aussehe. Ich sagte, dass ich rauchfrei sei und keine Lust dazu verspüre. Aber dass ich den Rauch einer Zigarette noch gerne riechen würde. Ui, falsche Antwort! Sie kam sichtlich in Rage. Das sei der Beginn des Wiedereinstiegs, meinte sie. Themawechsel. Wie meine Zukunft aussehe? Ich meinte, dass ich wohl noch viel im Tessin verbleiben werde bei meinem Sohn und dem Enkelkind. Ihre Antwort: «Im Tessin hat es einige gute Herzkliniken». Ui, falsche Antwort! Wir sprachen aneinander vorbei, die

Unterhaltung war nach 10 Minuten beendet, ich durfte gehen.

Es verblieb noch das Austrittsgespräch mit der Ärztin. Sie war guter Dinge für meine Zukunft. Mein Arbeitsunfähigkeitszeugnis stellte sie für weitere 7 Wochen aus. Mit den besten Wünschen verabschiedeten wir uns.

Am nächsten Tag holte mich Ana gegen 10 Uhr ab, um mich nach Hause zu fahren. Endlich, nach 9 langen Wochen, durfte ich wieder nach Hause gehen.

Ich freute mich, endlich wieder zu Hause zu sein und hatte mir auch viel vorgenommen. Wandern und Fitness, das waren meine Hauptgedanken. Ich wollte wieder ganz fit werden um wenn möglich meine Herztätigkeit noch steigern können.

Zu Hause lag ein Brief vom Unispital Zürich mit einem Aufgebot für den kommenden Montag für eine Computertomograph-Untersuchung. Diese Untersuchung war immer noch offen, weil die CD von Spanien nicht alle Gefässe aufzeigte und die Herzkathederuntersuchung offensichtlich auch nicht alles preisgab. Mit dem Untersuch wollte man Gewissheit haben, wie meine Verkalkungen wirklich aussahen.

Der Untersuch sollte um 14.00 Uhr stattfinden, um 13 Uhr waren wir im Unispital. «Ihr seid zu früh und wir haben Verspätung. Kommen Sie um 15 Uhr wieder». So wurden wir bei der Anmeldung empfangen. Ana und ich liessen die Zeit im Café verstreichen. Es war eine lange Zeit. Ich hatte Schiss vor der Röhre, 1 Stunde sollte es dauern, sagten sie uns. Um halb drei standen wir wieder dort. Diesmal hatte ich Glück, ich war sogleich an der Reihe. Ich bekam eine Kabine zugeteilt und musste mich umziehen. Dann kam eine Pflegerin auf mich zu und brachte mich in ein Vorzimmer, um einen periphere Venenkatheder für das Kontrastmittel zu setzen. «Ich habe Angst», sagte ich zu ihr, «Platzangst». «Okay», meinte sie, «dann machen wir zuerst einen Trockendurchgang. Beruhigungsmittel können wir nicht geben, Sie müssen mitmachen bei unseren Anweisungen über das Atmen». Sie führte mich in das Untersuchungszimmer, wo die Apparate für die Tomographie standen. Ich musste mich auf den Rücken legen und wurde rückwärts in den Tunnel eingeführt. Langsam verschwand ich im Innern, über und neben mir waren vielleicht noch gefühlte 10 cm Abstand zur Tunnelwand. In meiner Brust wurde es eng, der Mund trocknete sich aus, die Lippen blieben aufeinander kleben. «nein, raus» rief ich. Sie reagierten schnell, der Schlitten, auf dem ich lag, bewegte sich in die entgegengesetzte Richtung und ich kam wieder nach draussen. «Es geht nicht, ich habe Angst, ich kann das nicht», keuchte ich zur Pflegerin. «Warten Sie, ich hole eine Ärztin». «Geht es nicht?» fragte diese. «Das ist nicht so schlimm, es gibt Alternativen. Sie können gehen». Dankbar, aber mit kraftlosen Beinen verliess ich den Raum und begab mich in meine Umkleide. Wieder draussen vor dem Spital, schaute ich noch einmal zurück zu dem komplexen Gebäude und sprach vor mich hin: «hierhin will ich niemals mehr kommen».

Zwei Wochen später vereinbarte ich einen ersten Termin bei meinem Hausarzt. Dieser bemühte sich um einen Termin im Kantonsspital Winterthur für einen CT-Untersuch. Die nun freien Tage nutzte ich mit Spaziergängen, die stets begleitet wurden durch meine schmerzende Wade. Den ersten Halt musste ich nach 400 m machen, damit ich wieder schmerzfrei gehen konnte. Nach täglichen Spaziergängen, die sich allmählich zu Wanderungen entwickelten, wurde es mit der Wade auch erträglicher. «Es bilden sich neue Blutbahnen in deinen Beinen, aber das dauert seine Zeit», sagte mir der Hausarzt. Täglich legte ich im Juli und August im Durchschnitt 5 km zurück, das konnten mal keine 100m sein, aber auch mal 10 – 15km. Nicht selten benutzte ich die Stöcke dazu. Es tat mir gut, im Wald unterwegs zu sein. Ich benutzte dabei die angenehmen Temperaturen am Morgen. Nach dem Mittagessen legte ich mich für eine Stunde ins Bett, ich war noch viel müde und brauchte diese Erholungsphase. In der Brust verspürte ich keine Beschwerden, die Atmung funktionierte gut.

Dann erhielt ich den Termin für die CT-Untersuchung im KS Winterthur. Zuerst gab es einen Schocktest am Herzen, dann ein CT Untersuch in der Röhre. Der Kopf blieb draussen, musste nicht in die Röhre und so konnte ich ohne Angstgefühle mitmachen. Aus meiner Sicht war der Untersuch gut verlaufen. Dies bestätigte auch der Bericht, der an den Hausarzt und an mich ging. Dennoch drängten sowohl ich als auch mein Hausarzt auf eine kardiologische Untersuchung. Ich bekam den Termin Ende September.

In der Zwischenzeit hatte in unserer nahen Umgebung ein Fitnesscenter neu geöffnet. In nur 15 Minuten Gehdistanz erreichte ich es problemlos zu Fuss. Meine Familie schenkte mir ein Jahresabonnement. Zu meiner Freude lösten Hansruedi und auch Sarah ein Abonnement. Ab September besuchte ich nebst meinen Wanderungen 3 x wöchentlich das Fitnesscenter, meistens in Begleitung von einem der Beiden. Den Level auf dem Fahrrad erhöhte ich fast wöchentlich. Die Gewichte an den Kraftgeräten konnte ich auch kontinuierlich steigern. Ende September war ich in einer guten körperlichen Verfassung, sowohl in der Ausdauer als auch in den Kräften. Meine körperliche Verfassung war besser als vor dem Herzinfarkt.

Gespannt wartete ich auf den Termin mit dem Kardiologen. Im Geheimen hoffte ich, dass meine Herzleistung noch besser sein würde als bei der Entlassung in Gäis.

Bereits in ein paar Tagen hatte ich einen Termin bekommen im Kantonsspital Winterthur. Dort musste ich mich auf eine Liege legen, mit freiem Oberkörper. Die Pflegerin mass meinen Blutdruck: 160 auf 120, «etwas hoch», meinte sie. Ich hatte seit Gäis den Blutdruck täglich kontrolliert, er hatte sich auf einem normalen Niveau eingependelt. Wieso er gerade heute so hoch war, konnte nur mit dem Besuch des Kardiologen im Zusammenhang stehen.

«Kennt der Kardiologe meine Geschichte?» frage ich die Pflegerin. «nein», antwortete sie, «aber er wird sich wohl gerade damit einlesen». Dann trat er herein. Er begrüsste mich kurz, setzte sich an den PC und schaute sich die Bilder vom Herzkatheder im Unispital Zürich an. «Haben Sie Schmerzen?», fragte er mich. «nein, ich fühle mich gut», gab ich zur Antwort. «Wirklich?», fragte er nach. Er löste sich von den Bildern und begann, mein Herz zu untersuchen. Nach ca. 15 Minuten hörte er auf und meinte: «gut, ca. 50% Leistung. Das ist bestimmt wegen den Medikamenten.» Also wie gehofft eine Leistungssteigerung. Aber enttäuscht war ich, dass er den Medikamenten die Verbesserung zuschrieb. Ich war überzeugt, dass es meine sportlichen Aktivitäten waren, die daran ihre Wirkung zeigten.

«Sie könnten sich wieder anziehen, danach besprechen wir das Ganze», meinte er zu mir. Ich durfte neben ihm Platz nehmen und die Röntgenbilder anschauen. «Sehen Sie, hier ist alles verkalkt». Er zeigte auf drei oder vier Blutbahnen in meinem Brustbereich. Sein Gesicht und sein Ton waren sehr ernst. «Das sollte man nicht so sein lassen». «Ich hätte auch schon eine Idee, welche Operation man durchführen könnte. Aber da müsste ich wissen, wie die Verkalkungen in ihrem Beckenbereich sind. Wenn Sie einverstanden sind, melde ich Sie gleich bei unserer Angiologie an für einen Untersuch». Da musste ich wohl einverstanden sein, es ging ja schliesslich um mich und meine Gesundheit. «Bitte warten Sie draussen, wir klären das ab», meinte er zu mir. Ich rief Ana zu mir, die im Warteraum geblieben war. Gemeinsam warteten wir auf die Abklärungen des Arztes, resp. seiner Sekretärin. Nach einer halben Stunde kam er auf uns zu: «Die Röntgenabteilung ist völlig ausgebucht, das dauert sechs Wochen für einen freien Termin. Bitte gehen Sie deshalb jetzt direkt in die Röntgenabteilung, ich konnte für Sie noch heute einen Termin organisieren, in ca. 15 Minuten sollte es soweit sein.

Das ging jetzt sehr schnell. Wir kamen in den Warteraum der Röntgenabteilung, wo circa sechs Personen auf ihre Untersuchung warteten. Nach 10 Minuten wurde mein Name aufgerufen. Alle schauten mich erstaunt an: «Wieso wird der bevorzugt behandelt?» werden sie sich wohl alle gefragt haben.

Das nun Folgende kannte ich bereits aus Zürich. Ich musste mich in einer ca. 1.5 m2 grossen Kabine umziehen. Eine Pflegerin legte mir einen peripheren Zugang und sogleich wurde ich abgeholt und zum CT begleitet. Dort musste ich mich auf den Rücken legen und die Röntgenaufnahmen begannen. Ein Kontrastmittel wurde mir eingespritzt, mir wurde überall warm. Und dann war es schon wieder vorbei. Nach geschätzten 15 Minuten war ich draussen und wir fuhren nach Hause. Mit dem Arzt waren wir verblieben, dass wir uns Gedanken machen würden über seine Ausführungen und er uns zu einer weiteren Sitzung einladen würde, um das weitere Vorgehen zu besprechen.

Es war für uns alle wie ein Schock. Es ging mir wieder gut, ich hatte keine Beschwerden. Meine Kräfte hatten zugenommen und ich fühlte mich in einer guten körperlichen Verfassung. Die Herztätigkeit hatte sich nochmals verbessert. Und jetzt diese Diagnose?

Es war Anfang Oktober, als der Brief eintraf: Die Einladung zur Besprechung mit dem Kardiologen. Wir fuhren zu Dritt: Ana, Sarah und ich. Im Spital wurden wir in ein Besprechungszimmer geführt. Nach 10 Minuten erschien der Kardiologe. Er zeigte die Kathederaufnahmen auf einem Bildschirm und erklärte uns nochmals, wie verkalkt alles sei. Er ging geduldig auf unsere Fragen ein und führte aus, wie eine Bypass-Operation durchgeführt würde. Er sprach von 3 notwendigen ByPass. Knapp eine Stunde diskutierten wir zusammen. Wir sprachen auch über mögliche Spitäler der Operation sowie auch über Personen, die die OP durchführen würden. Falls ich mich für eine OP entscheiden würde, so würde ich sie im Inselspital Bern durchführen wollen. Meine Kindheit erlebte ich in Münsingen, im Aaretal. Erst mit 18 Jahren hatte es mich aus beruflichen Gründen in die Ostschweiz «verschlagen». Ich wollte eine Bedenkfrist und würde in ein paar Tagen Bescheid geben, falls ich mich für die OP entscheiden würde. Danach verabschiedeten wir uns voneinander.

Eigentlich hatte ich ja nicht viel zu entscheiden. Die Fakten lagen auf dem Tisch. Die Verkalkungen der Blutbahnen waren Tatsache. Aber ein Faktor, der mich noch beschäftigte, war der Folgende: Vor 14 Jahren liess sich mein Vater im Inselspital Bern operieren, ebenfalls eine Bypass-Operation. Er hatte sie nicht überlebt……

Vier Tage später rief ich im Spital Winterthur an. Ich sagte der OP zu.

Zwei Wochen später nach meiner Zusage zur OP erhielt ich das Aufgebot vom Inselspital Bern. An einem Mittwoch Ende Oktober sollte ich um 10 Uhr antreten. Die OP erfolge voraussichtlich am drauffolgenden Donnerstag, stand im Brief. Ich hatte noch 1 Woche Zeit. Ich nutzte sie mit ausgiebigen Wanderungen und dem Besuch des Fitnesscenters, zusammen mit Hansruedi. Diese Aktivitäten lenkten mich vor der bevorstehenden Operation etwas ab. Hansruedi machte mir das Angebot, mich nach Bern zu fahren. Eigentlich kam mir das recht, so konnte ich mich bereits zu Hause von der Familie verabschieden. Wir würden uns erst nach der OP sehen, am kommenden Freitag in Bern.

Pünktlich um 06.30 Uhr holte mich Hansruedi bei mir zu Hause ab. Wir hatten eine zweistündige Fahrt vor uns. Ich hatte mich schnell von Ana und Sarah verabschiedet, ergriff mein bereitgestelltes Rucksäckli und stieg in das Auto. Hansruedi hatte seine Frau Elvira mitgenommen, zusammen wollten sie nachher im Bernbiet noch einige alte Bekannte aufsuchen. Die Fahrt verlief ziemlich wortkarg. Zeitlich waren wir gut dran, so dass wir uns im Grauholz eine Kaffeepause erlauben konnten. Dann nahmen wir die letzte

Wegstrecke auf uns und erreichten das Ziel, das Inselspital Bern innert Kürze. «Zum Glück hat es keine freien Parkplätze vor dem Spital», ging es mir durch den Kopf, als wir dort ankamen. So konnte ich mich auch hier kurz verabschieden, wie schon am frühen Morgen, mit einem Kloss im Hals.

Den Rucksack über die eine Schulter gehängt, ging ich die Treppenstufen zum Eingang des Spitals hinauf. Ich blickte nicht zurück, jetzt musste alles vorwärtsgehen. Am Empfang wiesen sie mich in das zuständige Stockwerk. Dort angekommen, wurde ich sogleich begrüsst. Es war also wirklich ernst, sie hatten mit mir gerechnet. Bereits zehn Minuten später wurde mir ein Patientenzimmer zugewiesen. Es war ein Doppelzimmer. Mein Zimmernachbar kam aus dem Berner Oberland und hatte eine Oberschenkeloperation hinter sich, wie sich später im Gespräch herausstellte. «ich kann am Freitag nach Hause», sagte er voller Freude zu mir. Eine Pflegerin kam zu mir und nahm mein Inventar auf: Portemonnaie, Trainer, T-Shirts, IPhone, Stecker dazu, Pantoffel usw. Ich liess aber das Meiste im Rucksack verstaut, ich hatte keine Lust, den Schrank einzuräumen. Lediglich das Toilettentäschchen stellte ich an seinen Platz im Bad.

Am Nachmittag folgten diverse Untersuchungen, die für die Operation notwendig waren. Unter anderem wurden meine Beine und mein Hals geröntgt. Zum einen, ob da auch brauchbares Material (Venen, Arterien) für den Bypass vorhanden war und ob der Hals nicht auch verkalkt war. Die Untersuchungen zeigten unter anderem, dass mein Blutdruck am rechten Arm gemessen und 9 Punkte höher war als am linken Arm. Ebenfalls wurde festgestellt, dass mein Sauerstoff an Finger und am Ohrenläppchen gemessen auf «Null» war, aber am Nasenflügel der Wert 98 betrug. Die Vorbereitungsarbeiten schienen die Verantwortlichen zu befriedigen. Gegen Abend kam ein Arzt aus dem OP-Team zu mir und teilte mir mit, dass ich am nächsten Tag operiert werden könne. Er schaute sich noch meine linke und meine rechte Unterarm-Arterie an, um zu sehen, welche für eine Entnahme anlässlich der OP geeignet war.

Obwohl ich noch kein Beruhigungsmittel bekommen hatte, war ich kaum nervös. Wieso wusste ich nicht. Ich bin jedoch heute überzeugt, dass es Jemanden oder Irgendwas gibt, der oder das zu einem schaut auf dieser Erde. Ich welcher Form dies auch ist, weiss ich nicht. Es waren vielleicht fünf Sekunden während des ganzen Tages, wo ich daran dachte, das Spital zu verlassen, um auf die OP zu verzichten.

Nach dem Abendessen erschien ein Herr im Zimmer und stellte sich als Professor Pasic vor, der mich morgen operieren wollte. «Wissen Sie eigentlich, wieviel Glück sie bis jetzt gehabt haben?» Er erwartete keine Antwort von mir und fuhr fort: «Ich habe noch eine schlechte Nachricht für Sie: es wird eine sehr schwierige Operation werden. Aber ich habe es genau studiert und werde sie machen. Und ich werde Sie behandeln wie meinen eigenen Bruder». Ich hörte die Worte, allerdings wurde ich auch jetzt nicht unruhig oder gar ängstlich. Vielleicht hatte ich auch eine Art Schutzwand um mich aufgebaut, ich weiss es nicht. Nach diesem Gespräch telefonierte ich noch mit Ana und Sarah, schrieb What's up mit Denny und antwortete all jenen, die mir während des Tages die besten Wünsche übermittelt hatten.

Danach bekam ich ein Temesta und schaute noch etwas fern, dann versuchte ich einzuschlafen.

Am Donnerstag, morgens um vier erwachte ich. Erstaunt stellte ich fest, dass ich doch etwas geschlafen hatte. Um 6 Uhr kam die Pflegerin. Ich musste duschen. Dann legte ich mich wieder ins Bett, bekam nochmals ein Temesta und wartete darauf, dass sie mich für die OP abholten. Sie kamen um 8 Uhr, schoben mein Bett durch die Gänge des Spitals, benutzten einen Lift und gingen durch viele Türen. Vor einer Türe blieben sie stehen; seit diesem Zeitpunkt habe ich keine Erinnerungen mehr.

Es war dunkel, ich lag in einem Bett in einem grossen Raum, mitten drin, wie mir schien. Neben mir sass eine Pflegerin. Sie sprach mit mir in einem wunderschönen Berndeutsch. Aha, ich war aufgewacht. Verspürte keine Schmerzen. Mein linker Arm war eingebunden. Ich fragte nach der Zeit: «Es ist Freitag, morgens um 4 Uhr», bekam ich zur Antwort. «Die haben aber lange operiert», ging es mir durch den Kopf. Na ja, mir schien es gut zu gehen, meine Laune war bestens wie auch die von der Pflegerin. Ich wollte ihre Adresse wissen, damit ich ihr ein Dankeschön schicken könnte. «Dies hier muss reichen» sagte sie und zeigte mir ihr Namenschild. Sie fragte mich, ob ich einen Kaffee möchte. «au ja, gerne», gab ich ihr zur Antwort. Dann kündete sie mir an, dass sogleich eine Führung mit Ärzten stattfinden würde und die auch bei mir vorbeikommen sollten. Tatsächlich kam eine Gruppe von vielleicht 15 Personen, alle in weiss gekleidet. Ich bekam mit, wie einer mich vorstellte und erklärte, dass ich soeben aufgewacht sei von einer Bypass Operation. Einer von ihnen kniete sich locker vor meinem Bett hin und lächelte mich an. «Ciao», sagte ich zu ihm. Breit grinsend verabschiedete er sich ebenfalls mit einem «Ciao».

Ich durfte direkt ins Zimmer zurück, musste nicht «zwischengelagert» werden in einem Aufwachzimmer. Mein Zimmernachbar begrüsste mich mit «das isch aber lang gange». Immer wieder kamen jetzt Pfleger oder Pflegerinnen zu mir, die nach mir schauten. «Wenn Sie Schmerzen haben, dann rufen Sie bitte. Sie kriegen so viel Schmerzmittel, wie Sie brauchen». Tatsächlich, die Schmerzen kamen relativ häufig und stark im Brustbereich. Wenn mir dann das Pflegepersonal wieder eine Dosis Morphin gegeben hatten, wurde es erträglich, ich verspürte keine Schmerzen mehr. Zum Mittagessen gab es Bratwurst mit Teigwaren. Ich hatte Hunger und verschlag alles. Dann war Besuchszeit: Ana und Sarah waren schon gestern Abend eingetroffen, aber ich hatte es wieder vorgezogen, in der Narkose zu bleiben. Sie durften bei meiner Schwester Erika und bei Daniel übernachten. Sichtlich erleichtert über die gelungene Operation erschienen sie zu dritt an meinem Bett. Mit dem Schmerzmittel in mir hatte ich gute Laune und genoss die

Besuchszeit. Leider musste ich die ganze Zeit auf dem Rücken liegen. Seitenlage wäre wohl möglich gewesen, aber nur mit Hilfe des Pflegepersonals und mit Kissenstützen. Aber das lehnte ich vorerst ab.

Die Nacht verging gut. Ich hatte noch ein Blasenkatheder in mir sowie drei Redon's im Bauch, die die Flüssigkeit aus der Bauchhöhle abfliessen lassen sollten. Ebenfalls schauten da noch vier Kupferfäden aus meiner Brust raus, die direkt mit dem Herz verbunden waren. Falls es notwendig wäre, könnte damit die Herztätigkeit sofort angeregt werden. Am Samstag verschlechterte sich meine Laune zusehends. Offenbar hatten sie mir das berauschende Schmerzmittel mit einem herkömmlichen Schmerzmittel ersetzt. Wieder war Besuchszeit, wieder kamen Ana, Sarah und Erika. Ich war hässig, wusste aber nicht wieso. Am Sonntag kamen auch Mutti und Daniel zu einem Besuch. Auch sie waren sichtlich erleichtert, dass die OP geglückt war.

Am Montag entfernten sie mir das Blasenkatheder. Ebenfalls kamen die Schläuche aus meinem Bauch weg. Die Pflegerin anerbot mir, dass ich ihre Hand halten konnte, während mir die Schläuche von einer Ärztin mit einem Ruck aus dem Bauch gezogen werden sollten. Dankbar nahm ich das Angebot an. Ich hatte mir den Schmerz stärker vorgestellt, er war erträglich. Wahrscheinlich auch, weil ich die Hand der Pflegerin drücken durfte und auch die Augen geschlossen hatte.

Ich musste jetzt lernen, aus dem Bett und ins Bett zu steigen. Beide Arme um den Brustkorb legen, hinsetzen und mit angewinkelten Beinen abliegen, so der Einstieg und umgekehrt der Ausstieg. Seit der OP hatte ich 4 kg zugenommen, bis zur Entlassung sollte mein Gewicht wieder dem Eintrittsgewicht entsprechen. Die Tage flossen dahin, ich machte kleine Fortschritte. Der Physiotherapeut besuchte mich. Wir gingen langsam durch den Gang und einmal sogar die Treppe rauf. Das würde ich sehr gut machen, meinte er. Aber zwischendurch musste ich mich auf einen Stuhl im Gang setzen, leichter Schwindel trat auf. Am Mittwoch wechselte das Personal, Pflegerin Z. war jetzt für mich zuständig. Am Abend brachte sie mir die Medikamente. Bei jedem einzelnen Medikament sagte sie mir, zu was es wirken sollte. Das hatte bis dahin noch nie jemand gemacht. «Ich möchte sehen, wie Sie aus dem Bett gehen und wieder einsteigen», sagte sie zu mir. Ich tat, wie ich glaubte, es gelernt zu haben und zeigte es ihr. «Bluffer», war ihre berndeutsche Reaktion und schmunzelte mir zu.

Sehr bald war wieder die Rede von der Reha. Ich entschied mich nochmals für Gäis. Dort kannte ich die Örtlichkeiten und die Abläufe. Zudem war ich das letzte Mal auch gut betreut worden.

Überraschenderweise stand am Abend Professor Pasic an meinem Bett. Er sei extra wegen mir gekommen. Die Operation sei sehr schwierig gewesen. Aber alles sei so gekommen, wie er es gewollt habe. Ach ja, noch etwas: «Wenn das alles einigermassen verheilt sein wird, wäre es von Vorteil, wenn der Kardiologe in Winterthur noch einen oder zwei Stent einsetzen könnte». Wau, super! Soeben 3 Bypass eingesetzt, und schon war die Rede von weiteren Stents. Irgendwie verstand ich es nicht so ganz, wieso jetzt noch Stents notwendig waren, da doch diese Operation gemacht worden war. Nun ja, ich wollte jetzt einfach wieder zu Kräften kommen und versuchte, die Gedanken an die Stents zu verdrängen.

Mein Zimmernachbar hatte Pech. Er musste erneut operiert werden. Die Entzündung ging mit Medikamenten nicht weg. Entsprechend war er auch enttäuscht. Wahrscheinlich konnte ich noch vor ihm aus dem Spital entlassen werden.

Am Abend hatte ich etwas erhöhte Temperatur, in den Nächten schwitzte ich, am Morgen war die Körpertemperatur jeweils wieder normal. Das Gewicht war immer noch um 2 kg erhöht, trotzdem sollte ich am kommenden Freitag entlassen werden, also nach knapp zehn Tagen. Für den Transfer in die Reha nach Gäis wollte ich diesmal Ana nicht bemühen, das wären für sie mindestens 6 Stunden Autofahrt gewesen. So organisierte mir das Spital ein Taxi für die Fahrt nach Gäis.

Am Freitagmorgen kam Pflegerin Z. zu meinem Bett. Fiebermessen, Blutdruck usw. «Aha, fit geschlafen für die Abreise», meinte sie ernst. Wieder war das Fieber weg, aber mein Nachthemd war feucht vom Schweiss. Ich wollte weg von da. Sie liess mich gehen. Aber wir wussten beide, dass es noch zu früh war. Ich durfte meine Kleider anziehen, Jeans und ein Rollkragenpullover «Wau», sagte mir zu mir, als sie mich anschaute. Wohl um mir Mut zu machen für die Reise nach Gais. Für die Austrittsuntersuchung kam ein Arzt, der unter anderem meine Lunge abhörte. «Perfekt», war sein Kommentar dazu. «und noch eine gute Nachricht: Menschen mit Bypass leben in der Regel länger als solche ohne». Ich bedankte mich und verabschiedete mich vom Pflegepersonal, das auch hier für meine Begriffe eine super

Arbeit geleistet hatte. Unterdessen war die Fahrerin des Taxis eingetroffen und wir machten uns auf die Fahrt nach Gäis.

Wir kamen gut vorwärts auf der Autobahn, hatten keine Staus und wenig Verkehr. In der Raststätte Kemptthal entschlossen wir uns für einen Znüni-Halt. Die Fahrerin parkierte auf einem Parkplatz vor dem Eingang. Ich war schwach auf den Beinen und wohl ziemlich bleich im Gesicht. Im Restaurant begab ich mich sogleich zu einem Tisch, wo ich mit hinsetzen konnte, während die Fahrerin Kaffee und Gipfeli besorgte. Wortkarg sassen wir in der Raststätte und nahmen die Verpflegung zu uns. Kurz darauf setzten wir unsere Fahrt fort und trafen um 11 Uhr in der Klinik Gäis ein. Just zur gleichen Zeit war auch Ana eingetroffen, die sich von unserem Wohnort hierhin auf den Weg gemacht hatte.

Am Empfang erkannte mich das Personal wieder. Freundlich hiessen sie mich willkommen. Leider musste ich ein Zimmer auf der Pflegeabteilung beziehen. Ein kleines Zimmer im 2. Stock, auf dem gleichen Stockwerk, wo sich auch die Pflegestation befand. Nach einer Bypass-Operation kommt man für die ersten Tage in die Pflegestation. Ana konnte aus Platzgründen nicht in meinem Zimmer übernachten, sie musste sich ein separates reservieren. Um halb zwei musste ich zur Eintrittsuntersuchung. Der Arzt schaute sich die Narben an und erkundigte sich nach meinen Zielen. Meine Antwort: «ich möchte wieder problemlos 10 km wandern können und im Kraftraum wieder an meine Leistungen vor der OP anknüpfen. Ich glaubte zu sehen, wie ihm ein Lächeln über sein Gesicht huschte. Er gab mir zur Antwort: «das werden Sie Ende Januar wieder erreicht haben». Wenn sich keine Komplikationen ergeben, können Sie am kommenden Donnerstag das Zimmer wechseln in einen anderen Stock, etwas weiter weg von der Pflegeabteilung.»

Die anschliessende Zeit verbrachte ich mit Ana. Wir versuchten es mit einem Spaziergang. Doch schon bei der ersten Sitzgelegenheit musste ich absitzen. Bereits nach 100 m war ich müde. Daraufhin wechselten wir in mein Zimmer, wo ich mich zu einer Dusche entschloss. Ana half mir dabei. Auf der Brust durfte keine Seife gebraucht werden, nur Wasser, von oben nach unten. Die Haare wuschen wir im Lavabo, so gut es ging. Danach legte ich mich etwas aufs Bett. Vor dem Nachtessen holte ich meinen Therapieplan für das Wochenende und den kommenden Montag. Ich traute meinen Augen nicht, als ich feststellen musste, dass am Samstag, also am morgigen Tag um 10 Uhr eine Lektion

Gymnastik vorgesehen war. Das konnte ja nicht der Ernst sein! Ich konnte kaum 100 m gehen, der Brustkorb war noch nicht zusammengewachsen, Arme durfte ich nicht über Kopf halten usw. Ich verstand es nicht.

Wir gingen früh zu Bett. Wie gewohnt lief mein Fernseher, aber einschlafen konnte ich nicht, trotz der Müdigkeit. Fast drei Stunden Autofahrt und der Einzug in die Reha, aber der Schlaf wollte nicht kommen. Gegen 12 Uhr Mitternacht verliess ich mein Zimmer und begab mich im Pyjama zur Pflegestation. Die diensthabende Pflegerin schaute mich an und frage: «Wo fehlt es denn?» «Ich kann einfach nicht einschlafen», gab ich zur Antwort. «Na, dann versuchen wir es mit einem natürlichen Mittel», sagte sie zu mir. Sie begab sich zum Arzneimittelschrank und gab mir zwei Tabletten, die ich beide einnehmen solle. Zurück im Zimmer nahm ich die beiden Tabletten und legte mich wieder auf dem Rücken ins Bett. Noch war die Seitenlage nicht erlaubt. Die Beine hatte ich angewinkelt. Nach ca. 10 Minuten merkte ich, wie sich die Beine senkten, dann fiel ich in einen tiefen Schlaf. Aber bereits 2 Stunden später erwachte ich völlig durchschwitzt. Ich wechselte das T-Shirts, kehrte Duvet und Kissen und schlief wieder ein, aber nur solange, bis ich wieder schweissnass erwachte. Wieder wechselte ich das Oberteil, das Duvet kehrte ich um, so dass das Fussteil zum Kopfteil wurde. Auch auf dem Kissen fand ich noch ein trockenes Plätzchen und schlief wieder ein. Am Morgen erwachte ich wieder nass.

Nach dem Frühstück zog ich etwas widerwillig die Turnkleidung an. Ich nahm mir fest vor, nur dort mitzumachen, wo ich es auch verantworten konnte. In der Therapiehalle warteten fast zwanzig Patientinnen und Patienten. Ich schaute in die Runde: zwei weitere hatten eine ByPass Operation hinter sich (erkennbar an den Schutzgstältli um die Brust). Weiter fiel mir auf, dass ich wohl einer der jüngeren war, die sich hier drin befanden. Der Leiter forderte uns auf, einen Stuhl zu holen. Ich hatte die Vorgabe, nicht mehr als 5 kg zu heben. Da begann ich abzuwägen, soll ich oder soll ich nicht? Alle machten es, also holte auch ich mir einen Stuhl. Wir stellten uns in einem Kreis auf, jeder erhielt einen Ball. Abwechselnd mit dem rechten und dem linken Fuss mussten wir den Ball vor- und rückwärts bewegen, zunächst auf dem Stuhl sitzend. Das Gleiche anschliessend auch im Stehen. Das ging so weiter, die ganze Lektion, mit einfachen Übungen, für jedermann geeignet. 45 Minuten später war die Lektion zu Ende. Zu meinem Erstaunen klatschten die meisten Teilnehmer und bedankten sich für die gute Turnstunde.

Zum Wochenende reiste auch Sarah an. Sie teilte sich das Zimmer mit Ana. Viel unternehmen konnten wir nicht. Gemeinsames Essen, kleine Sparziergänge, Ausruhen auf dem Bett, mehr lag nicht drin. Beide verabschiedeten sich am Sonntagabend von mir und fuhren wieder nach Hause.

Meine Therapiepläne unterschieden sich kaum von jenen im Sommer. Anfänglich wurde ich in der Gruppe 5 eingeteilt, nach einer Woche kam ich in die Gruppe 4. Mehrmals wöchentlich besuchte ich das Ergometer Training, das muskuläre Aufbautraining, die Spaziergänge wie auch die progressive Muskelrelaxation. Ich blieb mir treu, das empfohlene Morgenturnen wie auch die Vorträge liess ich auch diesmal ausfallen. Einzig das Nordic Walking konnte ich nicht bestreiten, da der Einsatz der Stöcke wegen der OP noch nicht erlaubt war. Auch im muskulären Aufbautraining konnte ich lediglich 4 Geräte benutzen zum Aufbau der Beinmuskulatur. Den Oberkörper durfte ich noch nicht trainieren.

Meine Schweissausbrüche in der Nacht blieben, ich wechselte 3x das Oberteil. Mitte der ersten Woche wurde eine Echokardiografie angeordnet. Der Arzt stellte fest, dass ich ca. 1 Liter Flüssigkeit unter der Lunge (Plensaerguss) hatte. Ebenfalls zeigten meine Blutwerte eine Entzündung an, wo auch immer die war. Ich bekam Antibiotika verordnet sowie Kortison. Meine Tabletten hatte ich in einer Linie auf einem Korpus im Zimmer aufgereiht. Es waren jetzt 10 an der Zahl, die ich täglich einnehmen musste (Blutverdünner, Betablocker, Antibiotika, Kortison, Magenschoner, Wasserlöser und weiss ich was alles es noch war). Bei den Wanderungen merkte ich, wie die Flüssigkeit auf meine Lungen drückte. Meine Leistung war eingeschränkt. Eine «Beförderung» in die Gruppe 3 kam nicht in Frage.

In der ersten Woche wollten mich alle besuchen. Der Direktor kam, Peter kam, Hansruedi kam, Jogi kam, ein Chef aus dem Rheintal kam, die ganze Sektion vom Büro kam, von Montagabend bis Donnerstagabend hatte ich stets Besuch. Immer musste ich mich aber um 8 Uhr abends verabschieden. Ich konnte einfach nicht mehr, ich war müde. Ich sah auch nicht gut aus, bleich im Gesicht (wie mir später mitgeteilt wurde). Sie kamen alle auf Besuch und sagten «du siehst gut aus», später vernahm ich dann, wie schlecht ich ausgesehen hatte an jenem Abend. Trotzdem tat es mir gut zu hören, dass ich angeblich gut aussah.

Bei einer Arztvisite sagte mein Doktor etwas vorwurfsvoll zu mir: «Sie wollen nicht, sie unterstützen den Heilungsprozess nicht. Der Wille fehlt Ihnen». Vielleicht hatte er recht.

Am Donnerstag in der ersten Woche durfte ich von der Pflegeabteilung in ein anderes Zimmer im 4. Stock wechseln. Es handelte sich um ein gleiches Zimmer, wie ich es bereits hatte, einfach 2 Etagen weiter oben. Kein so komfortables, wie ich im Sommer gehabt hatte. Keine Sicht auf den Alpstein.

Auch während dieser Aufenthaltszeit gab es einmal in der Woche ein Themennachtessen, wie Tessiner-Abend. Diese Woche war ein Fleischkäse/Schüblig-Abend angesagt. An diesem Tag besuchte ich mit einer Gruppe von Patienten eine Lektion «progressive Muskelrelaxation». Wie gewohnt war es in dem Raum ziemlich still während dieser Lektion. Plötzlich nahm ich wahr, wie 2 Personen miteinander leise sprachen, verstehen konnte ich aber nichts. Das war auch der Kursleiterin aufgefallen und sie fragte die Beiden, was es denn da zu flüstern gäbe. «Ihr könnt das ja auch laut sagen!». Darauf gab der eine zur Antwort: «Ich habe ihn nur gefragt, ob es heute Abend zum Fleischkäse wohl auch Senf geben wird». Eine willkommene Aufheiterung im eher ernsthaften Tagesablauf.

Zum Wochenende bekam ich wieder Besuch, Ana und Sarah sowie Erika und Daniel waren auf dem Weg zu mir. Aber vorgängig war am Samstagmorgen um 11 Uhr noch eine Turnstunde angesagt. Es war die Zeit, wo die meisten Patientinnen und Patienten über das Wochenende nach Hause in den Urlaub fuhren oder die Minderheit in der Klinik blieb und auf ihre Angehörigen wartete. Vor dieser Turnstunde versammelten wir uns vor der Halle in Turnkleidung, sassen stumm auf den Stühlen und warteten auf die Leiterin. Die Stimmung war nicht berauschend. Und in so einem Moment stand ein Patient auf, schaute in unsere Runde und schrie in den Raum: «Motivationspolizei – wie hoch ist Ihre Motivation auf einer Skala von 1-3?» Er brachte uns zum Lachen und wir gingen die Turnlektion etwas lockerer an.

Die angesammelte Flüssigkeit in meinem Körper verringerte sich nicht, die Schweissausbrüche gingen aber etwas zurück. Das Kortison durfte ich langsam absetzen, die Antibiotika musste ich nicht mehr einnehmen. Ana und Sarah intervenierten bei der Klinik wegen meinem Zimmer und hatten Erfolg: Ich durfte nochmals wechseln in ein Zimmer, wie ich es im Sommer schon hatte: mit Blick auf den Alpstein und ein freies Bett für Ana an den Wochenenden.

Auf den Spaziergängen begleiteten uns immer zwei Therapeutinnen oder Therapeuten. Ich erinnere mich an einen Spaziergang, wo wir in einer Gruppe mit circa zwanzig PatientInnen unterwegs waren, auf einer kleinen Wandung von 4 km Länge. Nach der Hälfte der Distanz musste ein Klinikbus vier Patienten abholen, die nicht mehr die Kraft oder den Willen hatten, weiter zu laufen. Nicht alle waren Herzpatienten, die sich in der Klinik aufhielten.

Eine weitere Echokardiographie ergab, dass sich meine Flüssigkeit im Körper etwas verringert hatte. Mein Aufenthalt näherte sich dem Ende. Die Flüssigkeit im Körper nahm ich mit nach Hause. Beim Belastungs-EKG erreichte ich nicht den gleich hohen Wert wie im Sommer. Die Atmung schränkte meine Leistung ein.

Im Austrittsbericht stand: Als Rehabilitationsziele formulierte Herr Rols Mobilität und Arbeits- oder Erwerbstätigkeit. Diese Ziele konnten erreicht werden.

Ende November kam ich wieder nach Hause. Meine Ziele waren klar: ich wollte körperlich wieder die gleichen Leistungen erbringen können wir vor der Operation. Zu Hause ging es mir schon viel besser, wahrscheinlich auch aus dem Grunde, weil ich eben wieder zu Hause war. Die Einnahme der wasserlösenden Tabletten reduzierte ich von mir aus um die Hälfte. Mein Hausarzt konnte leider mein Ödem nicht kontrollieren mangels eines Echokardiographen. Aber ich hatte bereits ein Aufgebot vom Kardiologen erhalten. Der Besuch sollte zwei Wochen später stattfinden. In der Zwischenzeit trainierte ich fleissig, Wandern und Fitness. Nach meiner Einschätzung hatte ich bereits wieder den Stand erreicht, den ich vor der Operation hatte, allerdings ohne die Oberkörpermuskulatur. Die durfte erst drei Monate nach der OP wieder langsam trainiert werden. Kurz vor dem Arztbesuch setzte ich die Wassertabletten von mir aus ab.

Der Besuch beim Kardiologen erwies sich als Sprechstunde. Er erkundigte sich nach meinem Befinden und gab zu, dass er sich immer wieder nach meinem Befinden im Inselspital erkundigt habe. Es sei doch eine sehr schwierige

Operation gewesen. Seine Art war sehr sympathisch, er ging auf unsere Fragen ein. Dann brachte er es auf den Punkt: Es wäre von Vorteil, wenn noch ein weiterer Stent gesetzt werden könnte. Da seien noch zwei Blutbahnen, die immer noch verkalkt seien. Ich gab ihm zu verstehen, dass ich spitalmüde sei. Im letzten halben Jahr lag ich gute sieben Wochen in Spitälern und ebenso lange in der Reha. Ich hatte einfach keinen Bock mehr auf weitere Spitalaufenthalte. Er bemerkte, dass dieser Eingriff Routine sei und ich wahrscheinlich nur 1 Nacht im Spital verbleiben müsse. Also sagte ich zu. Wir entschlossen uns auf einen Termin Ende Februar des kommenden Jahres.

Die Zeit verging schnell. Bald stand schon Weihnachten vor der Tür. Erika und Daniel kamen mit Mutti zu uns, ebenfalls Denny und Magali mit Albert sowie Sarah und Cédi. Wir genossen die gemeinsamen Tage alle zusammen wie kaum eine Weihnacht vorher. Die täglichen Spaziergänge durch den oftmals verschneiten Wald waren herrlich, ebenso die 3x wöchentlichen Besuche im Fitnesscenter.

Der Termin für den Routineeingriff rückte näher. Meine Nervosität stieg. Obwohl es eigentlich der kleinste Eingriff war, wurde ich immer ängstlicher. Der schlimmste Tag war der Sonntag vor dem Eingriff. Ich wollte nicht mehr einen

Spaziergang machen und gab mich sehr wortkarg. Am Montag mussten wir um 7 Uhr in der Früh im Spital sein. Ich stand um halb sechs Uhr auf, um viertel nach sechs fuhren Ana und ich los. Kurz vor 7 Uhr trafen wir bei der Patientenaufnahme ein. Auch hier ging alles sehr zügig vorwärts. Ich bekam eine Zimmer-Nr. zugeteilt im 7. Stock. Ana begleitete mich noch bis ins Zimmer. Es war ein Doppelzimmer mit Sicht auf den Bahnhof. Ich durfte mein Bett auswählen und wählte den Standort neben dem Fenster. Ana verabschiedete sich von mir. Sie wollte Erika abholen, welche für einen Tag bei uns bleiben wollte. 5 Minuten später stand ich nur noch mit der Unterhose bekleidet im Zimmer. «Die muss auch noch weg», bemerkte die Pflegerin zu mir. Danach musste ich das schicke Spitalnachthemd anziehen und durfte mich aufs Bett legen. Die Pflegerin versuchte, mir einen peripheren Zugang zu stecken. Am linken Arm wäre von Vorteil, aber es funktionierte nicht. Sie fand keine passende Vene, die das zuliess. Das Telefon klingelte. Der Kardiologe brauche den Patienten jetzt, sie sollten ihn runterbringen, hiess es. Pflegerin V. rollte das Bett aus dem Zimmer und sagte zu mir: «ich hole sie wieder ab, wenn das Ganze vorbei ist». «Danke, ich freue mich darauf, Sie wieder zu sehen», war meine Antwort. Ich wurde in einen fensterlosen Raum gebracht. Sogleich wurde ich vom anwesenden Team übernommen. Insgesamt waren es drei Frauen. Sie stellten sich mit Namen vor und drückten mir die Hand zum Gruss. Zwei von Ihnen hatte kalte Hände, wieso auch immer. Ihre Namen vergass ich sogleich wieder, ich war nervös. Dann sah ich meinen Kardiologen hinter einer Glasabtrennung hervorkommen. Mit einem Lächeln kam er auf mich zu und begrüsste mich. «ich habe Schiss», sagte ich zu ihm. «ja, Sie bekommen etwas, dass es ihnen besser geht», sagte er zu mir. Ich hoffte, dass er den Katheter durch den rechten Arm einführen konnte. Er meinte, dass er es versuchen würde. Unterdessen konnte an meinem linken Arm ein Zugang erstellt werden. Eine Pflegerin näherte sich mit einer kleinen Spritze und spritzte mir eine klare Flüssigkeit in den Arm. Ob das wohl das Beruhigungsmittel gewesen war? Wahrscheinlich schon. In einem nahtlosen Übergang überkam mich eine unendliche Unbeschwertheit. Ich war zufrieden, dass ich hier war. Mein Blick war klar, aber gar alles nahm ich wohl nicht mehr wahr. Der Doktor sprach zu mir: «Es tut mir leid, aber durch den rechten Arm kann ich den Katheder nicht einführen, diese Arterie ist ziemlich vernarbt. Ich muss es über die Leiste versuchen». «Kein Problem», gab ich zur Antwort, und dachte: «macht doch mit mir, was ihr wollt». Ich hatte kein Zeitgefühl mehr. Zweimal hörte ich den Doktor, wie er wohl einen Stent «bestellte» bei seinen Assistentinnen mit Angabe der Grösse und was weiss ich alles. Nach einer gewissen Zeit (es war fast eine Stunde vergangen), hörte ich den Doktor wieder zu mir sprechen: «So Herr Rols, ich habe Ihnen zwei «Autobahnen» gelegt, schauen Sie». Er zeigte auf dem Röntgenbild zwei Blutbahnen, die er mit je einem Stent versorgt hatte. Ich war froh, dass es so gut funktioniert hatte. «Sie müssen 1 Nacht bei uns bleiben, wir haben bei der Leiste einen Druckverband angelegt, den wir erst nach dem Mittag entfernen dürfen». Insgeheim hatte ich ja gehofft, dass ich noch am gleichen Tag nach Hause gehen durfte. Dies war jetzt also nicht der Fall, wohl wegen dem Eingriff über die Leiste. Pflegefrau V. holte mich ab und brachte mich in mein Zimmer zurück. Halbstündlich schaute sie nach mir und untersuchte mein rechtes Bein. Aber es verlief alles normal und um halb zwei konnte der Druckverband entfernt werden. Jetzt erst durfte ich Mittagessen, ein feines Geschnetzeltes mit Reis und Gemüse.

Etwas später erhielt ich einen Bettnachbar: ein älterer Herr, der am Vortag einen Herzinfarkt hatte. Auch ihm wurden am Vormittag Stents eingesetzt. Etwas später erhielt ich Besuch von Ana und Erika, gegen Abend kamen auch noch Sarah und Cédi vorbei. Denny rief aus Lugano an und war auch sichtlich erleichtert, dass nochmals alles gut gegangen war.

Zum Nachtessen bekam ich Spaghetti Bolognese mit Salat und ein Eis. Dann erschien mein Doktor und wollte sich von mir verabschieden, da er am nächsten Tag nicht anwesend war. Er erklärte mir, dass er mich erst in einem Jahr wieder sehen möchte zu einem Belastungs-EKG und in anderthalb Jahren wiederum ein Katheder machen möchte, um zu sehen, in welchem Zustand meine Blutgefässe sein würden. Ich bedankte mich bei ihm für alles und wir verabschiedeten uns. Er war wohl der letzte passende Puzzlestein in meinem Leben gewesen seit dem Herzinfarkt in Barcelona.

Am nächsten Morgen durfte ich das Spital verlassen. Die Stationsärztin verpasste mir für zwei Wochen ein Sportverbot. Leichtes Wandern war erlaubt, aber das Fitnesscenter war Tabu. Im Entlassungsbericht stand geschrieben:

«Der Patient verlässt das Spital in einem guten Allgemein-zustand».

Meine Wanderausflüge, mehrheitlich über den Chol-first, behielt ich bei, ebenso die regelmässigen Besuche im Fitnesscenter. Die Schmerzen beim Wandern im linken Bein waren merklich zurückgegangen. Ich konnte jetzt problem-los 10 km Wandern, ohne wegen der Schmerzen eine Pause einlegen zu müssen.

Bereits ein paar Wochen später nahm ich meine Arbeit mit einem Pensum von 50% wieder auf. Natürlich hätte ich auch gleich in Pension gehen können. Manche Personen ga-ben mir das auch in irgendeiner Form zu verstehen, wie z.B. in einer Mailantwort von einem Berufskollegen, der da schrieb: «ich freue mich, von dir zu lesen und hoffe, du stellst weiterhin deine Gesundheit ins Zentrum». Oder von einem der besten Arbeitskollegen: «warum tust du dir das an?» Aber ich machte das nur für mich, ich wollte erfahren, ob ich wieder in die Arbeitswelt integriert werden konnte. Ob ich noch gebraucht wurde oder eben doch nicht. Den Wiedereinstieg hatte ich unterschätzt. Ich glaubte anfäng-lich, dass ich diese 50% spielend schaffen würde. Aber ich musste lernen, mich wieder während vier Stunden zu kon-zentrieren, damit die Arbeit fehlerfrei abgeliefert werden konnte. Nach der Arbeit ein Sudoku in einem mittleren Schwierigkeitsgrad zu lösen, ging anfänglich meistens schief. Aber im Laufe der Wochen gewöhnte ich mich wieder an den Arbeits-Rhythmus und meine Konzentrationsfähigkeit nahm wieder zu. Mein Ziel war es, noch ein Jahr im Beruf zu arbeiten und dann in Pension zu gehen.

Pepe ging uns nicht aus dem Kopf. Zu gerne hätten wir gewusst, wie es ihm heute ging. Wir suchten im Internet nach einer Adresse seiner 3 Restaurants in Barcelona und wurden tatsächlich fündig. Ana telefonierte mit einem Angestellten, der uns die Telefon-Nr. von Pepe gab. Pepe nahm tatsächlich das Telefon ab. Es ging ihm gut, aber er arbeitete nicht mehr. Ab und an würde er noch in den Restaurants vorbeischauen, aber selbst Hand anlegen, davon hätten ihm die Ärzte abgeraten. Er war erstaunt darüber, dass ich wieder im Arbeitsprozess eingegliedert worden war. Wir verblieben so, dass wir ihn im kommenden Jahr besuchen würden.

Rückblickend auf dieses Jahr möchte ich mich bei allen Ärzten herzlich bedanken, die mir das Leben gerettet und meine Lebensqualität verbessert haben. Heute geht es mir wieder gut.

Mein grosser Dank geht aber an das Pflegepersonal in Spanien, im Universitätsspital Zürich, im Inselspital Bern sowie im Kantonsspital Winterthur, aber auch an das Personal in der Pflegestation Gäis. Ohne diese lieben und wertvollen Menschen wäre mein Genesungsprozess sicher weniger gut verlaufen. Sie waren bei mir, wenn ich sie brauchte. Immer mit viel Verständnis und viel Empathie gingen sie auf mich ein. Danke euch allen für eure kompetente Hilfe und Unterstützung! Ihr macht diese Arbeit aus Berufung, und das macht euch so super!

Unendlicher Dank an meine nächsten Angehörigen, die wegen mir durch schwere Zeiten mussten. Ebenso einen grossen Dank an Pepi und Jordi, Mireia und Toni, Jordi junior und Monica, an Esther, Jaume, Oscar und Meite, die für uns so vieles Gutes gemacht haben.

Ebenso ein grosses Dankeschön an all meine Freunde und Kollegen im beruflichen wie auch privaten Umfeld.

Eure Stimmen und eure Worte haben mir Kraft gegeben, das Erlebte zu verarbeiten.

Ich bin überzeugt, dass es «Etwas» gibt, das zu uns schaut, in welcher Form und Art und zu welchem Zeitpunkt auch immer.